Hugo und die Dämonen der Nacht

Bertrand Santini, geb. 1968, ist ein französischer Drehbuch- sowie Kinder- und Jugendbuchautor. Bei Jacoby & Stuart sind von ihm bereits das vielfach ausgezeichnete Kinderbuch *Der Yark* sowie *Jonas, der mechanische Hai* erschienen.

BERTRAND SANTINI

HUGO UND DIE DÄMONEN DER NACHT

Aus dem Französischen von
Edmund Jacoby

Verlagshaus Jacoby & Stuart

INHALT

PROLOG

Eigentlich hätte Hugo Angst haben müssen, panische Angst sogar, wie er da in den Armen eines Phantoms hoch über der Erde schwebte. Der Junge fühlte sich jedoch nur ein wenig verloren, und in dieses Gefühl mischte sich eine bestimmte Befürchtung.

Das Phantom drückte ihn fest an sich, wie einen wertvollen Gegenstand. Die Flugbahn beschrieb eine Schleife, und Hugo spürte, wie der Boden ihm so nahe kam, dass die Spitzen der Kornähren seine Finger berührten. Als sie wieder an Höhe gewannen, entdeckte er sein Haus. *„Wie klein es doch ist!“*, kam ihm in den Sinn, und er musste lächeln. *„Wie habe ich es darin nur ausgehalten?“*

Seine Gefühle überwältigten ihn, als er an seine Eltern dachte, an seinen Hund, seine Kinderfrau und alle anderen, die noch auf der Erde gefangen waren. Gern wäre er hinabgestiegen, um ihnen zu verkünden, dass alles gut, dass das Leben nicht so wichtig und der Tod nicht so schlimm war. Doch er wusste, es war unmöglich.

Seine Existenz nahm er schon nur noch verschwommen, als etwas Unerhebliches, wahr. Er erinnerte sich kaum noch daran, dass dieses Abenteuer sich in der

Nacht vor seinem Geburtstag abspielte. Er konzentrierte sich darauf, das Gesicht seiner Mutter im Gedächtnis zu behalten. Alles war er bereit, auf dieser Reise zu akzeptieren, nicht aber den Verlust dieses Bildes.

Eigentlich hätte Hugo Angst haben müssen, panische Angst sogar, wie er da in den Armen eines Phantoms hoch über der Erde schwebte. Doch solange er das Bild seiner Mutter lebenswarm in seinem Gedächtnis bewahrte, fürchtete er nichts.

ERSTER AKT

ERSTES KAPITEL

MONLIARD

Hugo liebte es, sich Geschichten auszudenken, und er hatte dafür ein Vorbild.

Seine Mutter, Hélène Grimmons, war eine Schriftstellerin, deren Romane auf der ganzen Welt gelesen wurden. Sie verdankte ihren Ruhm den Romanen um *Horace mit dem dritten Auge*, einer Jugendsaga, die von den Wechselfällen des Schicksals ihres telepathisch begabten jugendlichen Helden berichteten.

Fünfzehn Jahre zuvor hätte niemand auf den Erfolg dieser Serie gewettet. Der Verleger hatte darauf bestanden, dass Hélène ein englisches Pseudonym wählte – „um ihr Werk einzureihen in die Liste großer angelsächsischer Autoren“, wie er behauptete. Als er dann den Namen *Andy Collins* vorschlug, begriff Hélène, dass es ihm vor allem darum ging, den mehrheitlich männlichen Lesern von Fantasy-Romanen zu verheimlichen, dass der Autor eine Frau war.

„Andy ist übrigens *auch* ein hübscher Mädchenname“, hatte er sich beeilt hinzuzufügen.

Hélène hatte keine Lust gehabt zu kämpfen. Ihr Manuskript war von einem Dutzend Verlagen abgewiesen worden, und ihr Job als Sozialarbeiterin erlaubte ihr nicht, die zweitausend Euro abzulehnen, die der Verleger ihr für drei Jahre Arbeit anbot. Im Übrigen passte die Anonymität ganz gut zu ihrem Charakter. Als man ihr vorschlug, ihren Text zu kürzen, blieb sie allerdings hart.

An dieser Stelle war es der Verleger gewesen, der einsah, dass es keinen Sinn hatte zu kämpfen.

„Aber ich warne dich, Hélène! Das Gehirn eines Jugendlichen ist zu klein und völlig überlastet! Ich fürchte, sie kriegen Kopfweh von deinen 357 Seiten!"

Damals wusste er noch nicht, wie zutreffend seine Prophezeiung war und dass eben dies die Ursache eines riesigen Erfolgs sein sollte.

Sechs Monate nach Erscheinen dümpelte der erste Band noch bei weniger als tausend verkauften Exemplaren, als ein Unfall Hélènes Schicksal radikal veränderte und zugleich die Karriere eines jungen Sängers brutal beendete.

Horace Pond, ein Jugendstar und stets ganz oben in den Tonträger-Verkaufscharts, feierte an diesem Abend seinen achtzehnten Geburtstag in einem Nachtlokal. Eine Gruppe von Fans mit Geschenkpaketen wich nicht von der Tür und skandierte seinen Namen.

Um seine Volljährigkeit würdig zu begehen, hatte der blonde Jüngling den ganzen Abend über alle möglichen Modedrogen zu sich genommen, so dass ein Schwarm

Leibwächter ihn beim Verlassen des Lokals abschirmen musste, um seinen bedauernswerten Zustand zu verbergen. Das Erscheinen des Sängers wurde mit einem Smartphone-Blitzlichtgewitter begrüßt, während sich ein Regen von Plüschtieren und Blumen über ihn ergoss. In diesem Schauer von Dingen befand sich auch ein Exemplar von *Horace mit dem dritten Auge* und gelangte in die Hände des anderen Horace. Ein junges Mädchen in einem Rollstuhl, das unbedingt ihrem Idol die Hand küssen wollte, durchbrach den Sicherheitskordon. Da ging ein gelblicher Blitz durch die Augen von Horace Pond. Die Tatsache, dass seine Haut abgeschleckt wurde, führte bei ihm zu einem ähnlichen Gefühlsausbruch wie Nietzsche ihn vor seiner Einweisung ins Irrenhaus erlebt haben musste, als er in Turin den Todeskampf eines Pferdes beobachtete. Das Gesicht zu einem diabolischen Grinsen verzerrt, versetzte Horace dem Mädchen einen so heftigen Schlag mit dem Buch, dass ein Rad des Rollstuhls abbrach.

Am nächsten Tag versuchte der Manager des Sängers den Skandal in Grenzen zu halten, indem er diesen Anfall von Wahnsinn auf den exzessiven Genuss von Energy Drinks zurückführte. Aber das konnte die Tat nicht ungeschehen machen, und die von unzähligen Smartphones aufgenommenen Filme des Vorfalls wurden in vierundzwanzig Stunden sechs Millionen Mal auf

YouTube aufgerufen. Diese überraschende Werbung katapultierte das Buch auf den ersten Rang der Verkäufe, und der von Bestellungen überhäufte Verlag musste es eilig nachdrucken. Alle Jugendlichen wollten *Horace mit dem dritten Auge* haben, weniger, um das Buch zu lesen, als sich damit unter Freunden gegenseitig auf den Kopf zu schlagen und das Netz mit Videos zu fluten, die die Kult gewordene Szene nachstellten.

„Ich habe dir doch gesagt, dass sie Kopfweh davon bekommen werden!", jubelte der Verleger gegenüber Hélène, die sprachlos war angesichts dieser Wendung des Schicksals.

Horace mit dem dritten Auge war nicht der einzige Nutznießer dieser Ereignisse gewesen, denn nach einem sich lange hinziehenden Prozess war der halbseitig gelähmten jungen Frau ein Schmerzensgeld samt Zinsen zugesprochen worden, das es ihr erlaubte, bis ans Ende ihrer Tage auf Gold zu rollen.

Fünfzehn Jahre später waren die sieben Bände der in neununddreißig Sprachen übersetzten Saga bereits zweihundert Millionen Mal verkauft worden. Hélène widmete sich nun ganz dem Schreiben und lieferte alle zwei Jahre, exakt am 31. Oktober, ein neues Buch ab. Von Natur aus bescheiden, erinnerte sie sich stets daran, durch welche Zufälle sie berühmt geworden war und fühlte sich nie ganz für ihren Erfolg verantwortlich.

Als der siebte Band vollendet war, plante Hélène bereits den folgenden Band, den letzten, in dem ihr Held sterben sollte. Der Verleger mochte noch so sehr protestieren; nur eine Weigerung von Horace mit dem dritten Auge hätte sie noch davon abbringen können. Aber Horace hatte keine Angst davor zu verschwinden. Ganz im Gegenteil! Das von Hélène geschaffene Universum war so voller Wunder und Parallelwelten, dass er fest davon ausgehen konnte, dass sein Tod ihm nur neue, noch ungewöhnlichere Welten eröffnen würde.

Das Ende des Romanzyklus beendete auch die Karriere des Andy Collins. Hugos Mutter schrieb hinfort unter ihrem richtigen Namen. Sie nannte Andy „meinen Doppelgänger“, so, wie in alten Geschichten die gespenstischen Doubles lebender Personen Doppelgänger heißen. Wenn sie vor einem leeren Blatt saß, beschwor sie ihn manchmal, so wie ein Medium einen Geist beschwört. Zuweilen wie einen Komplizen, zuweilen aber auch verzweifelt, wenn ihr die Inspiration ausgegangen war. Mit ironisch schleppender Stimme flüsterte Andy Hélène dann spöttisch ins Ohr: *„Mal wieder keine Idee? Was wärst du ohne mich! Ach, wenn unsere Leser dich jammern hörten!“*

Wenn Andy zu aufdringlich wurde, wusste Hélène diesem Spiel ein Ende zu setzen. Es ist niemals klug zuzulassen, dass Fantasiewesen sich in der Wirklichkeit breitmachen. Auch lassen sie sich sonst kaum mehr von

Träumen unterscheiden, und die Vernunft gerät dabei in große Gefahr, wie man an den Kriegen sehen kann, die seit Urzeiten im Namen von Wesen geführt werden, die es nie gegeben hat.

***

Als Hugo geboren wurde, hatten Hélène und Romain das Gut Monliard erworben. Das Anwesen erstreckte sich über fast tausend Hektar reich gegliederte Heidelandschaft, die zahllose Tier- und Pflanzenarten beheimatete. Ein Labyrinth von Bächen und Sümpfen speiste den kleinen See von Dorveille, der auch in Trockenzeiten das Überleben der Tierwelt sicherte. Mitten in dem Naturschutzgebiet zeugten ein paar Ruinen von den menschlichen Aktivitäten vergangener Zeiten. Das Bemerkenswerteste an diesem Ort war ein verlassener alter Friedhof, der die Gipfelfläche eines Hügels einnahm, der sich über dem See erhob.

Hugo und seine Eltern bewohnten ein imposantes Gutshaus, zusammen mit Aza, die seit fünfzig Jahren über die Örtlichkeiten wachte und längst zu einem Familienmitglied geworden war. Sie kochte gern, war eine absolut zuverlässige Kinderfrau und eine unvergleichliche Erzählerin. Über das Kind wachte die Siebenundsiebzigjährige mit der wohlwollenden Grobheit provenzalischer Großmütter.

Dank Hélènes Erfolg hatte Romain seine Stelle an der Universität aufgeben und sich ganz dem Studium mehr oder weniger ausgestorbener Pflanzenarten widmen können. Der ehemalige Direktor eines botanischen Instituts hatte sein Büro in den alten Pferdeställen eingerichtet, und sein im Untergeschoss installiertes Labor beherbergte eine außergewöhnliche Sammlung von Pflanzensamen, von denen die seltensten aus dem 16. Jahrhundert stammten.

Seit ihrer Ankunft in dieser Gegend waren die neuen Eigentümer von Monliard ausgesprochen beliebt. Das Gut gehörte zur Gemeinde von Sainte-Rigouste, dem benachbarten Dorf. Romains unkomplizierte Art wurde allgemein geschätzt, und die Einheimischen machten kein Hehl aus ihrem Stolz, die Nachbarn einer literarischen Berühmtheit, nämlich Hélènes, zu sein.

Fern vom Getriebe der Welt lebte die Familie Grimmons zwölf Jahre lang ein beschauliches und zurückgezogenes Leben. Wer hätte in dieser Zeit glauben können, dass Monliard eines Tages kein friedlicher Ort mehr sein würde? Es war aber die unwahrscheinlichste Ursache, die diesen friedlichen Tagen ein Ende setzen sollte.

ZWEITES KAPITEL

DER FRIEDHOF

Es war am Vorabend von Hugos Geburtstag. Romain durchstreifte gerade das Gut, als er auf dem Pfad zum Friedhof verstreute Blütenblätter entdeckte.

Sein Blut stockte.

„Verdammt!"

Für einen gewöhnlichen Sonntagsspaziergänger hätte diese Entdeckung keinerlei Bedeutung gehabt, aber für Romain war sie das Vorzeichen eines Unglücks. Er hob eines der Blätter auf, um es näher in Augenschein zu nehmen, obwohl er schon wegen seiner violetten Farbe ahnte, um welche Pflanze es sich handelte. Seine Hände zitterten vor Wut. Er grummelte noch einen Fluch und eilte zum Gipfel des Hügels hinauf.

Dreißig Meter höher endete der Pfad vor einem verfallenen kleinen Tor. Hinter seinen Gitterstäben beherbergte ein zerfurchtes Plateau die Ruinen des Friedhofs von Dorveille. Seit fast hundert Jahren war dort niemand mehr beerdigt worden, und dieser einstmals geweihte Ort war nur mehr ein Labyrinth von Steinen und Gestrüpp, das die Spuren längst vergessener Schicksale verdeckte.

Ein Geisterfriedhof, sozusagen.

Man musste elf in den Fels gehauene Stufen hinabsteigen, um zu diesem aus der Zeit gefallenen Ensemble zu gelangen, einer Landschaft aus Grabstelen und verstreuten Kreuzen inmitten der seltsamsten Kräuter und Stauden. Die Anordnung der Grabmäler auf einem sanft ansteigenden Hang erinnerte an ein antikes Theater.

***

Wenn Friedhöfe sonst Orte der Erinnerung sind, war dieser anscheinend als Ort des Vergessens angelegt worden. Seit dem Mittelalter diente Dorveille der Beseitigung störender Leichen: derer von Ketzern, Selbstmördern, ungetauft gestorbenen Kindern oder angeblichen Hexen, die der Aberglaube riet, auf Abstand zu halten, damit ihre Geister nicht diejenigen heimsuchten, die sie zum Scheiterhaufen verurteilt hatten.

Nachdem der Friedhof schon lange Zeit aufgelassen gewesen war und auch die nächsten Nachbarn ihn vergessen hatten, erlangte Dorveille im 18. Jahrhundert wieder einige Bekanntheit wegen eines Ereignisses, das noch immer in den Geschichtsbüchern vermerkt ist. Im August 1720, während die Pest von Marseille Tag für Tag Hunderte Opfer forderte, ordnete ein Magistratsbeamter an, die Toten in den alten Gräbern zu stapeln. Diese Entscheidung erwies sich als verhängnisvoll, denn bei jedem Wolkenbruch verseuchte das vom Friedhof hinabfließende Wasser die Wasserläufe der Umgebung mit Leichengift und verbreitete die Seuche noch weiter.

Im 19. Jahrhundert wurde der Friedhof als Pilgerziel romantischer Ästheten wiederentdeckt, die sich hier in Sommernächten trafen, um in römischen Togen und mit Blumenkränzen im Haar zu Ehren der ländlichen Gottheiten zu singen, zu trinken und zu tanzen. In dieser Landschaft zu ruhen, war ein Privileg, wovon die am Rande des Hangs errichteten Grabkapellen von Künstlern und Notabeln zeugten.

Das letzte Begräbnis fand im Jahre 1897 statt, im Grabgewölbe des Barons von Pontèves. Das Grab trug nun den Namen seiner Tochter Gertrude, die am Vorabend ihres neunten Geburtstags ertrunken war.

Seitdem hatte nichts mehr die Stille des Ortes gestört, nichts außer dem Mutwillen des zwischen den Steinen hindurchpfeifenden Mistralwinds und den gelegentlichen Besuchen abenteuerlustiger Hasen.

Nichts – bis zur vergangenen Nacht, als mit einem Lärm, der geeignet war, die Toten aufzuwecken, Schläge mit der Spitzhacke über einem Blumenbeet niedergingen.

***

Romain sprang die Stufen hinunter und rannte zu einem Grab in der Mitte des Friedhofs. Er wusste bereits, was er dort entdecken würde.

„Diese Schweine!“, rief er, als sich seine Befürchtung bestätigte.

Das Beet mit den violetten Blumen zu Füßen des Grabmals war regelrecht pulverisiert. Obwohl der Grabstein mit Flechten bedeckt war, konnte man den Namen des Toten, der in die Steinplatte gemeißelt war, noch gut erkennen:

CORNELIUS PINCHINAT

gestorben 1878 im Alter von dreißig Jahren

Die Verwüstung hatte vor höchstens wenigen Stunden stattgefunden. Die Fußabdrücke der Vandalen waren noch gut zu sehen. Unter der Gewalt ihrer Schläge war der Grabstein verrutscht und hatte eine dunkle Gruft geöffnet, in die die Wurzeln der Pflanzen hinabreichten. Auf der Suche nach Spuren der Verbrecher steckte Romain seine Hand in die Öffnung, aus der ein kühler Duft nach Humus strömte.

Eine klebrige Hand ergriff sein Handgelenk.

Romain schrie auf und fiel auf seinen Hintern.

Hugo kletterte lachend aus der Gruft.

„*Cause this is thriller, thriller night!*“, schrie er, wie die Zombies in dem Michael-Jackson-Clip.

Von Kopf bis Fuß mit Schlamm bedeckt, erinnerte der Junge noch mehr an einen Untoten als ein echter es hätte tun können. Fanette, das Familienhündchen, sprang nun ebenfalls aus dem Hohlraum und kläffte, vermutlich vor Lachen.

„Was habt ihr denn da unten zu suchen gehabt", schimpfte Romain.

„Wir haben auf dich gewartet!", sagte Hugo lachend.

Aber seinem Vater war nicht nach Lachen zumute.

„Sieh dir doch diese Katastrophe an!", murmelte Romain, während er ein Knäuel Wurzeln aufhob.

Fanette spürte, dass die Stimmung gewechselt hatte, und ließ die Ohren hängen.

„Glaubst du, es waren Tiere, die das gemacht haben?", fragte Hugo.

„Ja …"

„Was für Tiere?"

„Menschen", erwiderte Romain, ohne die geringste Ironie.

Die Stimme des Vaters klang ernst, wie an traurigen Tagen und bei wichtigen Geschäften.

„Pah! Eine Pflanze kann man doch wieder anpflanzen", sagte Hugo.

„Nicht diese! Es war eine *Sipo Matador*, eine Art, die sonst schon ausgestorben ist. Dieses Exemplar hier war das einzige bekannte auf der Welt!"

Verwundert hob jetzt auch Hugo ein Wurzelstück auf.

„Da muss man schon ein ziemlicher Blödmann sein, um so etwas zu machen!"

„Gar nicht so blöd!", antwortete Hugos Vater. „Diese Leute haben genau gewusst, was sie taten."

Hugo runzelte die Stirn.

„Willst du damit sagen, dass Leute extra zum Friedhof hinaufgestiegen sind, um eine auf der Welt einzigartige Pflanze zu zerstören?"

Romain zog es vor, vom Thema abzulenken, indem er den Kopf schüttelte und sagte: „Sag mal, in was für einem Zustand sind denn deine Sachen?"

Hugo schnüffelte an seinem T-Shirt, auf dem überall klebrige schwarze Flecken waren.

„Die Erde in der Gruft war voller Erdöl", sagte er und rümpfte die Nase.

Romain seufzte.

„Dieser Dreck da ist der Grund für unseren ganzen Ärger!"

„Das ist doch eigenartig", bemerkte Hugo. „In Dorveille hat man doch noch nie Erdöl gefunden. Wie kommt es denn, dass jetzt auf einmal der ganze Hügel voll davon sein soll?"

„Ich habe keine Ahnung."

„Du hast keine Ahnung?", rief Hugo aus und machte große Augen.

Kinder denken lange, sie bekämen immer Antworten. Erst nach und nach bemerken sie ihren Irrtum, und die Fröhlichkeit der Jugend verblasst.

Diese Erdölpfützen, die vor etwa einem Jahr zuerst auf dem Friedhof aufgetreten waren, behielten in der Tat ihr Geheimnis für sich. Dies war das erste Mal, dass Romain keine Erklärung für etwas hatte, und Hugo hätte das nie für möglich gehalten. Er versuchte, das unangenehme Gefühl abzuschütteln, das diese Entdeckung ihm bereitete. Der Botaniker steckte noch einzelne Pflanzentrümmer in seinen Beutel, dann wandte er sich zum Gehen.

„Gehen wir nach Hause! Aza und Mama erwarten uns zum Mittagessen."

Während sein Vater sich auf den Weg machte, ließ Hugo seine Fantasie schweifen.

„Und du glaubst nicht, dass die Zerstörungen von unten kommen können?"

„*Von unten?*", fragte Romain und wandte sich dabei um.

„Ja! Es könnten doch die Toten sein, die versuchen, sich aus der Erde zu graben!"

„Wenn es nur das wäre, ginge es mir ehrlich gesagt besser!", sagte Hugos Vater und ging weiter.

DRITTES KAPITEL

SCHWARZES GOLD

Ein Jahr zuvor waren die Probleme erstmals aufgetaucht – in Form seltsamer Flecken auf dem Boden des Friedhofs. Die Probe, die Romain damals genommen hatte, führte zu dem ungeahnten Ergebnis, dass aus dem Inneren des Hügels Erdöl an die Oberfläche trat. Der Botaniker studierte alle möglichen Geschichtsbücher, aber nirgends war von schwarzem Gold in der Region zu lesen. Nur eine jüngere Nachricht erinnerte an die Erdölindustrie.

Einige Jahre früher hatte eine britische Firma, die glaubte, dass sich vor dem Küstengebirge bei Marseille eine bedeutende Erdöllagerstätte befand, sich darum bemüht, eine Genehmigung für Probebohrungen unter dem Wasserspiegel zu erhalten. Doch die Vorstellung, dass wenige Kilometer vom Ufer entfernt die Bohrplattformen wie Pilze aus dem Meeresboden sprießen würden, passte den Naturschützern keineswegs. Am Ende einer langen juristischen Auseinandersetzung und unter dem Druck der Naturschutzverbände hatte der Staat schließlich das Küstengebirge zum Naturschutzgebiet erklärt, was die Erdölfirmen dazu zwang, ihr Projekt aufzugeben.

Die Kunde von den Erdölfunden in Monliard hatte sich schnell verbreitet und den Präfekten der Gegend dazu veranlasst, eine Expertengruppe mit der Untersuchung des Gesteins unter dem Friedhof zu beauftragen. Mit Sicherheit hätte eine Probebohrung Aufschluss darüber gebracht, wo genau sich die Lagerstätten befanden und wie groß sie waren. Doch die Grimmons waren gegen diese Arbeiten, die den Hügel von Dorveille mit seinem alten Friedhof verwüstet hätten.

Viele Menschen, ja die meistenn wären hocherfreut gewesen, auf ihrem Grund und Boden einen solchen Schatz zu entdecken.

Hugos Eltern befürchteten dagegen eher die Folgen. Unmerklich schlich sich eine gewisse Bitterkeit in die Art und Weise, wie die Einwohner von Sainte-Rigouste sie wahrnahmen. Hélènes Zurückgezogenheit? Verachtung! Ihr Vermögen? Den Kindern und Halbwüchsigen aus der Tasche gezogen! Und ihr Mann … Ein fanatischer Öko! Hatte er nicht die Domäne einzäunen lassen und damit die Balibaris, eine der ältesten Familien der Region, gezwungen, ihre alljährlichen Treibjagden aufzugeben, die sie doch seit Generationen ausgeübt hatten? Und was sollte man von den Millionen halten, die das Paar verplemperte, um alte Nutztierrassen und Wildtiere in Afrika oder Grönland zu retten, während sie nie freiwillig auch nur einen Pfennig für die Weihnachtsfeier in der Schule, für das Kirchweihfest oder für die Renovierung des Kirchturms gegeben hatten, der bei jedem Vespergeläut beinahe einstürzte? Und schlimmer noch: Man verdächtigte sie, Vegetarier zu sein, weil sie auffälligerweise niemals bei Fidoli, dem Dorfmetzger, vorbeigekommen waren, außer um das wöchentliche Brathähnchen für den Hund zu kaufen.

***

Die Lage wurde bedrohlich, als den Gerüchten und scheelen Blicken Taten folgten: umgerissene Zäune, kleine Brände, ausgerissene Bäumchen – die Zwischenfälle häuften sich wie die Aufforderungen, die Grimmons möchten die Gegend so schnell wie möglich verlassen.

Die Identität der Aggressoren blieb im Verborgenen, aber ihre Motivation war völlig klar: Das Erdöl weckte Begehrlichkeiten, die sich offenbar durch nichts im Zaum halten ließen.

***

Hélène und Romain vermieden es, vor ihrem Sohn darüber zu reden. Aber Kinder haben mit den Tieren gemein, dass es unmöglich ist, die Wahrheit vor ihnen zu verbergen. Hugo spürte die unfassbare Bedrohung, die auf seiner Welt lastete. Die Mienen seiner Eltern verrieten, wie beunruhigt sie waren. Manchmal flüsterten sie miteinander, auch dann noch, wenn sie allein waren. In solchen Augenblicken spürte der Junge ein Prickeln in seinen Wangen. Der gewöhnlichste Anblick konnte zur befremdlichen Erscheinung werden. Das Moos des Springbrunnens schien auf einmal zu krabbeln, und die in der Sonne zum Bleichen ausgelegten Betttücher begannen, sich unter einem bösartigen Windhauch zu regen. Selbst der für gewöhnlich belebende und fröhliche Mistralwind schien in den Blättern der Bäume von Geheimnissen zu flüstern, die ein Kind nicht wissen durfte.

***

Bald schon überlegte das Paar, das Gut zu verlassen. Dem Druck nachzugeben, dem Biss zu entgehen. Es war ihnen gleichgültig, dass man eine solche Entscheidung als Feigheit auslegen konnte. Sie hatten sich Monliard nicht ausgesucht, um hier in einer von Erpressung und Drohungen vergifteten Atmosphäre zu leben.

Und dann war es zur Entdeckung dieser Pflanze gekommen, die alles ändern konnte.

Ein Wunder!

Als Romain sie am Fuß des Grabes entdeckt hatte, traute er seinen Augen kaum. Und doch bestätigte eine genaue Nachprüfung seine spontane Eingebung. *Sipo Matador*!

Eine Pflanze, die die internationale Gesellschaft, die sich mit der Registrierung und Inventarisierung aller bekannten Pflanzenarten befasste, schon seit 1902 für ausgestorben gehalten hatte. Sofort begriff der Botaniker, dass er den Schlüssel zur Lösung seiner Probleme gefunden hatte. Nach dem Beispiel des Küstengebirges konnte Monliard dank dieser einzigartigen Pflanze zum Naturschutzgebiet erklärt werden. Das Gut würde zum Heiligtum, in dem nicht einmal der kleinste Stein oder die kleinste Blume mehr berührt werden und in der auch nichts in die Erde gepflanzt werden dürfte, nicht einmal der Hering eines Zelts.

Romain fürchtete allerdings, dass das Genehmigungsverfahren sich lange hinziehen würde, zu lange vielleicht in einer Situation, die von Tag zu Tag bedrohlicher wurde. Monsieur Joffroi, der Präfekt, hatte Romain, nachdem dieser ihm von der Entdeckung berichtet hatte, versprochen, sich persönlich bei den einschlägigen Behörden in seinem Sinne verwenden zu wollen.

Es war aber kein Zufall, und es waren auch keine „Blödmänner“, die *Sipo matador* vernichtet hatten. Das Ende dieser Pflanze bedeutete das Ende der einzigen Chance, Monliard zu erhalten.

VIERTES KAPITEL

DER BESUCH

Hélène las gerade im Schatten eines Feigenbaums im Garten, als sie aus der Ferne einen wohlbekannten Schrei vernahm.

„Mamaa!!! Mamaaa!!!"

Sie kniff die Augen zusammen, um besser sehen zu können, wer da im Gegenlicht auf sie zukam. Romains Schritt war schwer wegen der Mittagshitze. Hugo lief vor ihm her, sprang durch das Gras und wedelte mit den Armen.

„Mama! Mama! Die Toten greifen an!"

Ganz außer Atem stürzte er auf seine Mutter zu.

„Die Toten von Dorveille kommen aus der Erde, Mama! Sie werden uns auffressen!", rief er in einem Ton des Entsetzens, unterbrochen durch Lachanfälle.

Diese Bedrohung bereitete Hélène allerdings offenbar weniger Sorgen als der Zustand der Kleidung ihres Sohnes.

„Aber worin hast du dich denn gewälzt?"

In diesem Augenblick warf Romain seinen Beutel auf die Erde und ließ sich auf einen Gartenstuhl fallen.

„Dieser Armleuchter hat sich in einer Gruft versteckt!"

„Eines der Gräber war aufgeplatzt", berichtete Hugo. „Da drin war es supercool. Und du hättest Papas Gesicht sehen müssen, als ich heulend da rausgekommen bin!"

„Tatsächlich", wandte Hélène sich an ihren Mann, „du bist blass wie ein Leichentuch!"

„Sie haben *Sipo Matador* zerstört", sagte er seufzend.

Hélènes Miene verfinsterte sich augenblicklich, und sie klappte ihr Buch zu.

„Hugo", sagte sie mit liebevoller Stimme, „geh jetzt ins Haus und wasch dich, mein Liebling!"

„Wir müssen den Bürgermeister und die Polizei unterrichten", murmelte Romain und starrte ins Leere.

„Wir sollten lieber Zombiejäger rufen", fand Hugo, wobei er den hinkenden Gang eines Monsters ziemlich gut nachmachte.

„Los, los, geh dich waschen!", wiederholte seine Mutter. „Und stell Fanette auch unter die Dusche!"

„Okay! Und was gibt's zu Mittag?"

„Aza hat ihre weltbeste Lasagne gemacht. Gib ihr einen Kuss und sag ihr, dass wir in zehn Minuten zu euch an den Tisch kommen. Alles klar?"

„Yes, Sir!"

Hélène gab ihm einen Kuss auf die Wange, und der Junge verschwand im Gutshaus, gefolgt von Fanette, die laut bellte, als Zeichen, dass auch sie Hunger hatte.

Den Kopf noch voller Untoter, sprang Hugo an dem großen Erkerfenster des Wohnraums vorbei, ohne die Gestalt vor ihm zu bemerken.

Mit dem Kopf stieß er gegen den Besucher.

„Na, das ist ja ein schöner Empfang!“

Hugo riss die Augen auf.

„Onkel?“

„Nenn mich nicht Onkel. Das macht alt!“, antwortete Oscar und setzte zwei schwere Koffer auf dem Boden ab.

Hugo unterdrückte einen Freudenschauer. Jeder Besuch seines Onkels war ein Ereignis. Er war fasziniert von seiner Persönlichkeit – auf der einen Seite ein Komplize wie ein Kind, auf der anderen Seite aber auch einschüchternd wie ein Erwachsener. Als er noch klein war, erschreckte ihn seine Gegenwart so sehr, dass er aus dem Zimmer lief, sobald der Mann eintrat. Als er älter wurde, hatte Hugo verstanden, dass das Verhalten seines Onkels nur ein Spiel war. Im Gegensatz zu Hochstaplern, die ihre Tugend zur Schau stellen, gehörte Oscar zu jenen, die hinter einer rauen Schale und beißender Ironie ihre wahre Güte verstecken.

„Es ist schon lange her, dass du besucht hast“, sagte Hugo mit vor Aufregung geröteten Wangen.

„Eine Ewigkeit!“, sagte Oscar lachend. „Aber deinen Geburtstag wollte ich nicht verpassen. Er ist doch morgen, nicht wahr?“

Der Junge nickte energisch.

„Und wie alt wirst du? Lass mich raten … Zwanzig? Fünfundzwanzig?“

„Pfft! Du spinnst! Zwölf!“

„Zwölf, zwanzig, hundert … Im Universum macht das keinen großen Unterschied!“

Die Bindung zwischen Onkel und Neffe war nicht zuletzt deshalb so eng, weil Oscar und Romain Zwillinge waren. Obwohl sie sich erstaunlich ähnlich sahen, erlaubte ihr jeweiliger Kleidungsstil jedoch, sie auf den ersten Blick zu unterscheiden. Hugos Vater zog sich seiner Frau zufolge „wie ein Hausierer“ an, während Oscar auffällig elegante taillierte Maßanzüge und stets perfekt gewienerte englische Schuhe trug.

Der Onkel nahm seinen Neffen bei den Schultern und musterte ihn eingehend.

„Lass mal sehen … Du hast dich verändert, nicht wahr?“

Oscar trat einen Schritt zurück, um Hugo von Kopf bis zu den Füßen anzusehen.

„Diese Kinder hören ja nie auf zu wachsen!“, klagte er. „Wachse ich etwa?“

„Gar nicht!“, gluckste Hugo. „Du bleibst die ganze Zeit gleich!“

„Ah, diese Kinder!“, seufzte Oscar und ließ sich aufs Sofa fallen. „Wie soll man denn etwas trauen, das sich so schnell verändert!“

„Nun ja, die Zeit vergeht!“, gab Hugo schulterzuckend zurück.

„Hier ist sie dahingegangen, und dort kehrt sie zurück …“, trällerte Oscar.

„Und aus diesem Grund solltest du mir meine Geburtstagsgeschenke lieber jetzt sofort geben, denn vielleicht sterben wir alle schon in dieser Nacht!“

„Echt?“, fragte Oscar ironisch. „Will denn deine Mutter kochen?!“

„Nein, du redest echt Quatsch!“

Nun brachte Hugo seine Lippen ganz nah an das Ohr seines Onkels.

„Dorveille erwacht“, murmelte er geheimnisvoll.

Oscars Augen blitzten in schelmischer Komplizenhaftigkeit auf.

„Das ist die Art von Geschichten, die mir gefällt!“

„Mir gefällt das auch“, flüsterte Hugo fast unhörbar.

„Und kannst du mir mehr dazu sagen?“

„Die Toten planen, bei uns einzufallen!“

„Echt?“

„Ja … sie kommen vielleicht schon heute Nacht …“

„Was meinst du, haben sie vor?“

„Ich glaube, sie wollen uns auffressen …“

„Ja natürlich … da kann man sie auch verstehen … jahrhundertelang nichts zu essen … da ist der Magen ganz schön leer!“

„Papa glaubt mir nicht, aber ich, ich weiß, dass es wahr ist!“

„Was glaubst denn du, mein armer Kleiner. Dein Vater ist Wissenschaftler! Und nichts auf der Welt ist so beschränkt wie ein Wissenschaftler!“

„Du aber glaubst mir, nicht wahr?“

„Natürlich“, kicherte Oscar und nahm Hélènes letztes Buch vom Sofatisch.

„Sieh mal einer an! *Horace mit dem dritten Auge*, Band 7! Andy hätte mir ruhig ein Exemplar schicken können, findest du nicht?“

„Das sind Romane für Kinder“, erinnerte ihn Hugo.

„Na und? Du weißt doch genau, dass ich ein Kind geblieben bin!“

„Ja, das weiß ich“, meinte Hugo verschmitzt. „Und im Übrigen, hast du keinen Hunger?“

„Hunger? Ich?“

„Ich bin halb verhungert! Ich gehe Aza fragen, ob das Essen fertig ist.“

Hugo machte sich auf den Weg zur Küche und kickte dabei Fanettes Plastikschwein in die andere Ecke des Raums. Der Hund sprang seinem Spielzeug hinterher, nahm es ins Maul und biss fest zu, damit es ordentlich quietschte. Der Junge lief einen langen Gang entlang, dessen Wände mit Säbeln und Hellebarden geschmückt waren, einem mittelalterlichen Waffenarsenal, das entdeckt worden war, als der Keller renoviert wurde. Grimassen schneidend zwängte Hugo sich durch die halbgeöffnete Küchentür.

„Ich habe Huuunger", seufzte er mit Grabesstimme, und beinahe hätte Aza die Pfanne fallen lassen.

„Geht's noch?", schimpfte die pausbäckige alte Haushälterin.

Hugo ging in die Hocke, um besser den Duft schnuppern zu können, der aus dem Backofen strömte.

„Das riecht irre gut!"

„Lasagne mit gebratenen Zucchini!", verkündete Aza und wischte sich die Hände an ihrer mit Tomatenflecken übersäten Schürze ab.

„Mein Lieblingsessen!", rief Hugo aus.

Aza warf einen misstrauischen Blick auf Fanette, die ebenfalls gerade in die Küche gekommen war.

„Sag mal! In was für einem Dreck hat sich die Kleine denn gewälzt?"

„Keine Bange, das ist nur Erdöl!"

„Erdöl?" Aza runzelte die Stirn.

„Und deine Sachen? Und dieser schwarze Fleck da in deinem Gesicht, ist das auch Erdöl?"

„Ja klar!"

Abrupt packte Aza den Jungen am Kragen und schrie: „Bleib bloß weg vom Ofen, Dummkopf, sonst explodierst du noch!!"

Hugo ließ sich auf einen Stuhl fallen und fing laut an zu lachen.

„Wir werden sowieso alle sterben! Hast du noch nicht gehört? Die Toten von Dorveille kommen aus der Erde und wollen uns fressen!"

Er sagte das mit klammheimlicher Freude, denn er wusste genau, dass Aza derlei Geschichten verabscheute.

„Mein Gott, was für ein Blödsinn, mein Kleiner!", schnaubte die alte Frau, während sie ein Bündel Lorbeerblätter in einen Topf warf.

„Ich schwör's!", beharrte Hugo. „Und hör doch mal, Papa ruft Verstärkung."

Aza steckte ihren Kopf in den Flur. Hugos Vater lief im Wohnzimmer auf und ab und murmelte etwas ins Telefon. Sie hörte jetzt genau zu. Romain sprach mit Clovis Gringoire, dem Polizeiinspektor. Seine Sätze waren kurz und nervös, ganz anders als sonst.

„Ja … Sie sind wiedergekommen heute Nacht … Ja, das ist etwas sehr Ernstes … Okay, ich erwarte Sie mit dem Bürgermeister …"

Aza machte ihm ein Zeichen.

„Sagen Sie, werden sie hier essen?", fragte sie in einem Ton, der klar besagte, dass sie keineswegs beabsichtigte, den Tisch für sechs Personen zu decken.

Romain schüttelte den Kopf, und Aza kehrte befriedigt zu ihrem Herd zurück.

„Also, heute Abend müssen wir feiern!“, begann der Junge wieder. „Pizza, Pommes frites und Eis so viel wir wollen!“

„Und zu wessen Ehren, du Schlingel? Dein Geburtstag ist doch erst morgen!“

„Ich hab doch gesagt, dass wir von Zombies gefressen werden!“, entgegnete Hugo und öffnete eine Coladose. „Da brauchen wir doch eine Henkersmahlzeit, oder?“

„Jetzt halt aber mal den Mund! Man macht keine Witze über die Toten!“

„Puh, haha“, gab Hugo zurück, „du glaubst in deinem Alter wohl immer noch an den lieben Gott!“

„Dann tut das wenigstens eine in diesem Haus! Euch wird das schon nicht wehtun!“, schimpfte Aza. „Und hör bitte auf, dieses eklige Zeug zu trinken, sonst wirst du am Ende noch ein Amerikaner!“

Anstelle einer Antwort ließ Hugo einen Rülpser vernehmen.

„Weißt du, du ungehobelter Bengel, dass mein erster Mann auch so ein Gierschlund war? Und er ist daran gestorben!“

„Ja, ja, das hast du mir schon hundert Mal erzählt. Erstickt, während er ein Eisbein gegessen hat.“

„Genau. Und das Eisbein war die Hand Gottes, ob du es glaubst oder nicht. Zur Strafe, weil er so ein Fresssack war.“

„Warst du eigentlich oft verheiratet?“

„Dreimal!“, sagte Aza, während sie die Lasagne aus dem Ofen holte. „Der zweite war ein hübscher Schwarzhaariger. Auch er hat an nichts geglaubt. Und dann, paff, zerquetscht von der Sieben-Uhr-Tram! Und der dritte, diese Saufnase mit einem Schnurrbart, ist unter einen fahrenden Traktor gerutscht, und man hat ihn am nächsten Morgen völlig verrenkt in einem Heuhaufen gefunden.“

Hugo zog eine Grimasse, in der sich Abscheu und Spott mischten.

„Also nimm dich in Acht! Du siehst, was für ein Unglück es über einen bringt, wenn man sich über den lieben Gott lustig macht!“, raunte Aza, während sie mit der Gabel prüfte, ob die Lasagne durch war.

„Und du?“, rief Hugo. „Du hast nie eine Messe versäumt und trotzdem sind alle deine Männer gestorben. Und das soll die Belohnung dafür sein?“

Aza drehte sich mit einem abgeklärten Lächeln zu ihm um.

„Genau das sage ich. Mein ganzes Leben lang hat der liebe Gott es gut mit mir gemeint.“

FÜNFTES KAPITEL

SIPO MATADOR

Es war schon drei Uhr durch, als man den Geländewagen der Polizei auf dem Kies vor dem Gutshaus bremsen hörte. Dem Fahrzeug entstieg Inspektor Clovis Gringoire, dicht gefolgt von Émile Bouffarel, dem Bürgermeister von Sainte-Rigouste. Der erste war groß und mager und litt unter nervösem Augenzucken, der andere dagegen war rundlich und trug ein eingefrorenes südfranzösisch-gemütliches Lächeln zur Schau. Die Besucher nahmen auf dem Wohnzimmersofa Platz, und nachdem Aza ihnen einen Kaffee gebracht hatte, präsentierte Romain ihnen einige der Reste der *Sipo Matador.* Die beiden Männer studierten sie mit wichtiger Miene.

„Das ist also Ihre sagenumwobene Blume!“, wunderte sich Bouffarel; er war offenkundig enttäuscht darüber, wie gewöhnlich sie aussah.

„Ich hätte sie für einen Löwenzahn gehalten“, bekannte Gringoire.

Der Bürgermeister blickte mit großen Augen auf.

„Aber warum dieses Massaker? Wer macht denn so etwas?“

„Immer dieselben“, seufzte Romain. „Die, die uns vertreiben wollen, damit sie das Erdöl ausbeuten können.“

„Von Anfang an wusste ich, dass diese Sauerei Ihnen Sorgen bereiten würde!“, sagte der Bürgermeister. „Jedenfalls kommen diese Verbrecher nicht von hier. Niemand in dieser Gegend möchte, dass hier Raffinerien errichtet werden, glauben Sie mir!“

„Alle hier mögen Sie“, fügte Gringoire hinzu. „Wer könnte sich denn wünschen, dass Sie fortgehen?“

„Nun, unser lieber Nachbar, der Marquis von Balibari, dem wir die Treibjagd auf unserem Grund und Boden untersagt haben, hätte bestimmt nichts dagegen“, mischte Hélène sich in einem spöttischen Ton ein.

„Ach das, das ist eine ganz andere Geschichte“, gab der Bürgermeister zurück. „Die Geschichte ist abgeschlossen, und der Marquis hat völlig verstanden, warum Sie so entschieden haben.“

Hélène machte deutlich, dass sie immer noch skeptisch war.

„Wer das auch immer ist“, begann Romain erneut, „diese Leute sind gefährlich.“

„Sie kommen bis zu unserem Haus“, sagte Hélène. „Wir haben Giftköder vor dem Eingangstor gefunden. Sicher ein Geschenk für unseren Hund!“

„Sie sind übrigens hervorragend informiert! Sie wussten auch, dass diese Pflanze das Gut schützen würde, sie wussten sogar, wo sie sie finden würden! Aus diesem Grund müssen wir schnell handeln. Monliard zum Pflanzenschutzgebiet zu erklären, ist die einzige Möglichkeit, die Bedrohungen zu beenden."

„Monsieur Grimmons hat recht!", gab der Polizist zu. „Auf diese Weise haben sie vor zehn Jahren auch das Problem an der Küste gelöst."

„Präfekt Joffroi hat uns seine Unterstützung zugesagt", sagte Hélène. „Aber seit sechs Monaten haben wir nichts mehr gehört."

„Es ist wahr, die Dinge entwickeln sich besorgniserregend", murmelte Bouffarel, während er sich mit dem Taschentuch den glänzenden Schweiß von der Stirn wischte. „Morgen werde ich den Präfekten anrufen und ihn bitten, den Vorgang zu beschleunigen. Joffroi ist ein guter Mann! Wir kennen uns schon von Kindesbeinen an. Wir können uns auf ihn verlassen."

„Na dann … versuchen Sie also Ihr Bestes!", sagte Romain ohne große Überzeugung.

„Eine Sache verstehe ich aber nicht", begann Bouffarel erneut. „Wie erklären Sie sich, dass eine verschwundene Pflanze auf einmal da oben in Dorveille wächst?"

„Verschwinden ist nicht dasselbe wie sterben", antwortete Romain.

„Natürlich! Genau wie bei meiner Mutter", sagte Gringoire.

„Wie, deine Mutter?", rief Bouffarel aus. „Was hat deine Mutter denn mit dieser Angelegenheit zu tun?"

Gringoire wandte sich den Gastgebern zu, denn offenkundig kannte Bouffarel die Geschichte bereits.

„Als ich noch klein war, ist sie Knall auf Fall verschwunden. Mein armer Vater und ich haben Himmel und Erde in Bewegung gesetzt, um sie wiederzufinden. Aber keine Spur! Sie hatte sich einfach in Luft aufgelöst, meine Mama! Und natürlich haben wir nach einer Weile gedacht, dass sie tot war, im See ertrunken oder vom Sumpf verschlungen. Aber drei Jahre später machte mein Vater zufällig eines Tages in Veynargues halt, dem Dorf hinter dem Hügel. Und raten Sie mal, wen er hinter der Theke bei Caillan, dem Limonadenhersteller, stehen sah?"

„Seine Frau!", ließ sich der Bürgermeister mit gelangweilter Stimme vernehmen – er kannte die Geschichte tatsächlich auswendig.

„So ist das!", sagte Gringoire augenzwinkernd.

„So ist was?", fragte Bouffarel gereizt. „Die Rede war von seltenen Pflanzen und nicht von deiner Familie!"

„Ich habe das zur Bestätigung dafür gesagt, dass man manchmal etwas für tot hält, das sich in Wirklichkeit nur auf der anderen Seite des Hügels versteckt."

„Genau", schloss sich Romain an, um das Gespräch wieder auf den Punkt zu bringen. „Man hat schon beobachtet, wie tausendjährige Lotussamen gekeimt haben! Die Samen von *Sipo Matador* wiegen nur ein paar Mikrogramm und sind von einem seidigen Polster umgeben, dank dem sie in der Luft schweben können. Sie sind wahrscheinlich jahrzehntelang den Launen des Windes ausgesetzt gewesen oder haben sich am Fell eines Tieres festgesetzt, bevor sie einen zum Keimen geeigneten Ort gefunden haben."

„Wie meine Mutter!", fing Gringoire wieder an. „Der Limonadenfabrikant war so ein ‚geeigneter Ort'. Er hat ihr zwei Gören gemacht. Den Fanfan und die Sisi."

„Das muss ein ziemlicher Schock für Ihren Vater gewesen sein!", sagte Hélène, die von der Geschichte ehrlich berührt war.

„Nun ja", kicherte Gringoire, „er ist auf einen Trick gekommen, dank dem er seine Ehre retten konnte."

„Einen *Trick*?"

„Ja, er hat immer behauptet, dass er hinter der Theke bei Caillan nicht seine Frau gesehen hatte, sondern ihren Geist. Ein Phantom! Sowas wie ihr Ektoplasma! Echt, das war doch viel bequemer! Lieber als Witwer eines Phantoms herumzulaufen statt als der Hahnrei des Dorfs! Geister haben einen breiten Rücken! Man kann sie genau genommen sagen lassen, was man will. Ein Gespenst kann einen nicht wütend machen. Es kann einen nicht betrügen. Man braucht es nicht zu schlagen, es ist ja schon tot! Dafür sind Phantome gut! Sie trösten uns über das hinweg, was wir nicht sehen wollen oder was wir nicht verstehen."

„Aber als Ihr Vater Ihre Mutter wiedergesehen hat, hat er doch bestimmt mit ihr gesprochen?“, fragte Hélène.

„Aber ja! Er ist in die Bar marschiert und hat sie mit großen Augen angeguckt. Daraufhin ist meine arme Mutter kreidebleich geworden. Sie war eine gute Frau, müssen Sie wissen. Das Ganze war nicht ihre Schuld. Sie war zwanzig und er sechzig. Man hatte sie meinem Vater verkauft gegen einen Melonenacker und eine Herde Ziegen. Kurz und gut, er hat dann den Hut gezogen, ist an die Theke getreten und hat vorsichtig auf sie eingeredet: ‚Komisch, dich hier zu sehen. Du siehst gut aus. Das ist schön. Und ich sage das nicht nur, weil die Höflichkeit es gebietet, zu den Leuten besonders liebenswürdig zu sein, wenn sie tot sind. Aber weil der Heilige Geist mir die Möglichkeit gibt, mit dir zu sprechen, sollst du wissen, dass du dir um den Kleinen keine Sorgen zu machen brauchst. Ich kümmere mich um ihn. Jeden Abend spricht er sein Nachtgebet, und wenn er weiter fleißig ist, wird er eines Tages Polizist werden. Und jetzt geh, du bist entlassen. Es ist nicht gut für die Lebenden, wenn sie zu lange mit den Toten reden. Wenn man nicht aufpasst, kann das Unglück bringen.‘“

„Was für eine irre Geschichte!“, sagte Hélène. „Hat ihm denn niemand je widersprochen?“

„Aber nicht doch! Alle haben so getan, als fänden sie die Sache völlig normal. Die Ehre eines Mannes spielt bei uns noch eine Rolle! Trotzdem gab es von Zeit zu Zeit einen Knallkopf, der unter seinem Fenster schrie: ‚Joseph! Ich war bei Caillan, und da habe ich das Phantom deiner Frau gesehen!' Dann hat mein Vater freundlich geantwortet: ‚Freut mich, dass auch du sie gesehen hast! Denn wenn das nicht so wäre, hättest du ja denken können, ich wäre plemplem oder sie hätte mir Hörner aufgesetzt!'"

Bouffarel ließ noch einen Augenblick verstreichen, bevor er das Wort ergriff – in einem ziemlich feierlichen Ton.

„Wenn du erlaubst, Clovis, nach dieser Geschichte aus deiner Familie sollten wir uns von Frau und Herrn Grimmons verabschieden. Zuvor möchte ich Ihnen allerdings noch eine letzte Frage stellen."

„Bitte sehr", antwortete Romain.

„Diese *Sipo Matador*, was ist so besonders an ihr, dass sie so berühmt ist?"

Das Gesicht des Botanikers hellte sich auf, und lächelnd zog er ein altes Buch aus dem Regal.

„Sehen Sie", sagte er und zeigte auf einen Stich in dem Buch. „Von dieser Blume war bereits vor tausend Jahren in einer tibetanischen Erzählung die Rede. Ein indischer Prinz, der nach China aufgebrochen war, um dort die Lehre Buddhas zu verkünden, hat das Gelübde abgelegt, dass er nie schlafen werde, damit er sich ganz und gar seiner Mission widmen könne. Doch eines Tages übermannte ihn die Müdigkeit, und er fiel in einen tiefen Schlaf. Als er aufwachte, war er so wütend darüber, eingeschlafen zu sein, dass er sich seine Augenlider ausriss, um von nun an sicher zu sein, dass er wach blieb. Als er einige Jahre später zu derselben Stelle kam, stellte er fest, dass dort, wo er seine Lider hingeworfen hatte, eine Pflanze gewachsen war. Eine Pflanze, deren Blüten die Kraft besaßen, den Geist ewig wach zu halten. Und er nannte sie *Sipo Matador.*

„Aha!“, fasste Clovis Gringoire seine Meinung dazu zusammen.

„Erdöl! Eine magische Pflanze! Es passiert so Einiges auf diesem Friedhof!“, schloss Bouffarel und erhob sich von der Couch.

„Aber sagen Sie“, zeigte sich der Polizist plötzlich beunruhigt. „Es sind doch nicht alle Exemplare von *Sipo Matador* zerstört worden?“

„Seien Sie beruhigt!“, sagte Romain lächelnd. „Glücklicherweise wussten die Vandalen nicht, dass einige weiter unten am Hügel gekeimt haben.“

„Oh, uns war schon ganz heiß geworden! Denn ohne diese Wunderblume kein Pflanzenschutzgebiet!“, rief Bürgermeister Bouffarel erleichtert und verabschiedete sich von den Gastgebern mit einem feuchten Händedruck.

„Wie Sie es sagen“, antwortete Hugos Vater, „es war uns allen heiß!“

***

Auf der Auffahrt vor dem Gutshaus standen Hélène und Romain und sahen, wie sich der Wagen der Besucher entfernte.

In der Ferne hörte man ein Donnergrollen.

„Stimmt es, dass es noch welche gibt?“, murmelte Hélène.

„Welche was?“

„Exemplare von *Sipo Matador*.“

„Nein … das war gelogen“, seufzte Romain. „Sie haben alles zerstört.“

Hélène schmiegte sich an ihn, während ein Blitz den Himmel erleuchtete.

„Wir haben also ein verdammtes Problem, nicht wahr?“

„Ja.“

Ein Lächeln milderte für einen Augenblick den Ausdruck der Erschöpfung in ihren Gesichtern. Schwere warme Regentropfen begannen zu fallen, und das Paar zog sich ins Haus zurück und schloss die Tür hinter sich doppelt ab.

SECHSTES KAPITEL

VOR DER NACHT

An diesem Abend fand das Abendessen in der Küche statt. Aza hatte Spaghetti mit Basilikum gemacht, eine ihrer Spezialitäten, die Hugo *Azanudeln* nannte. Er hatte sich vor dem Ende der Mahlzeit mit zwei Bechern Wackelpudding zurückgezogen, die er unter dem Couchtisch im Wohnzimmer gierig verschlang. Mit seinen in wenigen Stunden zwölf Jahren stieß er mit den Schultern an die Kanten des Möbelstücks. Sehnsuchtsvoll dachte er an die Zeit zurück, als er noch ein kleines Kind war und die Beine an den Körper ziehen konnte, ohne dass seine Knie die Tischplatte berührten. Er erinnerte sich an magische Abende, als er hier im Schutz des Tischs gesessen hatte, eingelullt von den lauten Stimmen der Erwachsenen, dem Tabakqualm und dem Klingen der Aperitifgläser.

Hugo lag mit dem Kopf auf dem Teppich; sein Blick klebte am Fernseher. Auf dem Kabelkanal lief gerade der Musicalfilm *Hair.* Auf dem Bildschirm war zu sehen, wie ein junger Mann mit goldener Haarpracht auf einem Klavier spielte, das Kerzenleuchter schmückten, an denen überall das Wachs heruntertropfte. Hugos Eltern hatten ihre Vorliebe für alte Filme an ihn weitergegeben – die Romain als „das wirkliche Kino“ zu bezeichnen pflegte. Allerdings entsprach ihr Geschmack nicht immer dem von Kindern in Hugos Alter. Seine beiden Lieblingsfilme waren *Mein Onkel aus Amerika* und *Die Nacht des Jägers.* Den *Weißen Hai* hatte er erst vor ein paar Wochen kennengelernt. und seitdem hatte er den dritten Platz auf dem Siegertreppchen inne. Seine Eltern wären sicher ungehalten gewesen, wenn sie gewusst hätten, dass er den Film heimlich gesehen hatte. Aber sie wären auch froh gewesen, weil sie endlich verstanden hätten, warum ihr Sohn in diesem Sommer nicht ein einziges Mal den Fuß ins Wasser gesetzt hatte, nicht einmal in das des Pools.

***

„Hugo?“

Der Junge kniff die Augen zusammen. Seine Mutter war zu ihm unter den Tisch gekrochen und lächelte ihm zu.

„Es ist Zeit zum Schlafengehen!“

„Du hast mich erschreckt“, sagte er gähnend.

„Ich hab dreimal nach dir gerufen!“

„Ich war in dem Film …“

Hélène wischte mit der Fingerspitze einen Speicheltropfen weg, der auf den Lippen des Jungen glänzte.

„Ab ins Bett, mein Liebling!“

„Ich möchte aber noch das Ende sehen … bitte!"

„Nicht doch, du schläfst ja schon im Stehen!", sagte sie, und versuchte ihn an einem seiner Füße aus seinem Versteck zu ziehen.

„Oooh! Andy! Sag doch ja … Aaandy!", jammerte er.

Hélène mochte es überhaupt nicht, wenn sie so genannt wurde, weshalb Romain und Hugo sich das auch nie erlaubten – außer wenn sie sie ärgern wollten.

„Gnade!", bettelte Hugo, der schon halb eingeschlafen war, „ich bin gar nicht müde!"

Aber er ließ sich widerstandslos von den weichen Armen seiner Mutter einschließen, die ihn wie eine kleine Wolke umfingen.

***

Während er im Bad war und die Schlafanzughose und sein T-Shirt mit einem Gremlin darauf überzog, war Hugo gar nicht mehr müde. In seinem Zimmer herrschte eine Bullenhitze. Als es schon fast Mitternacht war, zeigte das Thermometer dreißig Grad an. Er drückte auf den Knopf eines Ventilators, dessen metallisches Brummen auf ihn wie ein Wiegenlied wirkte. Auf der Fensterbank zündete er eine Reihe von Zitronengras-Kerzen an, die Insekten fernhalten sollten – so wie man in anderen Zeiten Knoblauchzehen gegen Vampire aufgereiht hätte. Hugo schlief aus Angst vor Mücken immer angezogen.

Das leiseste Summen ließ ihn erschauern. Er hatte einen Stich vor fünf Jahren nicht vergessen. Die Schwellung hatte sich schnell von der Kehle bis zur Luftröhre ausgebreitet, und er musste mitten in der Nacht zur Notaufnahme ins Krankenhaus gebracht werden.

Hugo betrachtete seinen Schatten, den das Kerzenlicht an die Wand warf.

Er schwankte mit dem Flackern der Kerzen, als wollte er sich von der Wand lösen und sich selbständig machen. Hugo ließ seinen Blick über die Regale voller Schachteln und Bilderbücher wandern. Zu Beginn des Sommers hatte er sich vorgenommen, andere Sachen dort unterzubringen und den alten Kinderkram in den Schrank zu verbannen. Aber jetzt neigten die Ferien sich schon ihrem Ende zu, und natürlich hatte er nicht aufgeräumt. Er schwor sich, bis übermorgen alle Sachen in den Keller zu schaffen, die nicht mehr zu seinem Alter passten. Er kauerte sich vor einem kleinen Zimmertheater hin, das auf dem Boden stand. Auf der mit barocken Motiven geschmückten Pappfassade stand als Motto in goldenen Lettern:

ICH BIN DER GROSSMEISTER DES SPIELS

Seine Theaterfiguren waren über die Bühne verteilt, alle möglichen Gestalten aus Märchen und Sagen: Ritter und

Drachen, Wölfe und gestiefelte Kater, Bucklige, Hexen, Minnesänger und grausame Königinnen. Wie viele Stunden hatte er nicht damit verbracht, sich das Schicksal dieser Personen in ihren Traumwelten auszudenken! Er machte sich noch einmal den Spaß, sie laufen und tanzen, sie kämpfen und sterben zu lassen, um sie dann mit einem ziemlich unwahrscheinlichen Theatercoup wieder zum Leben zu erwecken.

Aus den Kulissen des Theaters betrachtete eine rätselhafte Figur mit spöttischem Blick das, was sich dort abspielte. Hugo ließ sie bei seinen Inszenierungen nie mitmachen. Es handelte sich um einen ganz in Schwarz gekleideten Mann; sein stechender Blick aus grün umrandeten Augen machte ihn zu einer Gestalt der Nacht. Seine Bewegungslosigkeit ließ ihn nur noch bedrohlicher erscheinen. Mit seinem starren Grinsen trug er die Gewissheit zur Schau, dass er einen früher oder später in seine Gewalt bringen würde.

Ein Gähnen führte das Ende der Theatervorführung herbei, und Hugo beschloss, den letzten Vorhang fallen zu lassen.

Schon morgen würden das Theater und die Theaterfiguren zu den Kindheitserinnerungen gehören, die Hugo im Keller lagerte.

Während er darauf wartete, einschlafen zu können, blätterte Hugo mit Kopfhörern auf den Ohren in *Die Ziege des Monsieur Seguin,* einem seiner Lieblingsbücher. Fanette, die sich zwischen Hugos Kopf und dem Kopfkissen zusammengerollt hatte, schnarchte bereits.

Durch die halbgeöffnete Tür beobachtete Oscar gerührt seinen Neffen.

„Herzlichen Glückwunsch zum Geburtstag!“, trällerte er und stieß die Tür auf.

Hugo blickte erfreut auf.

„Ist es soweit, ist schon morgen?“

„Exakt Mitternacht! Beginn der Geisterstunde, in der die Gespenster aus dem Dunkel kommen!“

„Zurück, Onkel Furonkel!“, witzelte Hugo.

„Halt den Mund, du Hund!“, gab Oscar zurück.

Die Feindseligkeiten waren damit eröffnet. Das Spiel, das sie „Feierliche Beschimpfung“ getauft hatten, bestand darin, sich mit den ausgefallensten Schimpfwörtern zu traktieren.

Die Regel war einfach: Wer als Erster lachte, kicherte oder losprustete, hatte verloren.

„Du plätschernder Schleim!“, machte Hugo weiter.

„Totalschadengesicht!“, trumpfte Oscar auf.

„Du Bandwurm-Ehepaar!“

„Du runtergesetztes Gekotztes!“

„Du Extremverkümmerter!“

„Du Vogeldreck im Weck!“

Hugo biss sich auf die Backen, dann platzte er heraus:

„Du Pickel am Arsch!“

Oscar ließ sich mit einem kindlichen Lachanfall aufs Bett fallen.

„Das ist gut! Haha! Mit diesem Pickel hast du mich geschafft“, rief er und wuschelte mit einer zärtlichen Geste durch das Haar seines Neffen.

„Haha! Mit dir habe ich echt Spaß. Schade, dass du keine Kinder hast! Sie würden dich anbeten!“

„Oh, ich habe aber viele halbe Kinder!“, erwiderte Oscar.

„Wieso *halbe* Kinder?“

„Denk doch mal nach! Wenn ich eine Frau geheiratet hätte, hätte ich doch bestimmt Kinder mit ihr bekommen!“

„Ja … und?“

„Also, diese Frau, die ich nie kennengelernt habe, existiert aber trotzdem, nicht wahr? Sie lebt irgendwo auf der Welt, jetzt, wo wir miteinander reden. Und weil sie nicht bei mir ist, ist sie bestimmt mit jemand anderem zusammen.“

„Das hoffe ich für sie!“

„Und mit diesem anderen hat sie bestimmt Kinder.“

„Bis dahin ist alles logisch.“

„Daraus schließe ich: Die Kinder dieser Frau sind die Halbgeschwister der Kinder, die diese Frau mit mir nicht gehabt hat.“

„Deine halben Kinder!“, rief Hugo fasziniert.

„Ganz genau. Und weil ich von Natur bescheiden und mit wenig zufrieden bin, reicht mir das völlig.“

„Irre“, murmelte Hugo, „auf einmal habe ich lauter Halbcousinen und Halbcousins, von denen ich nichts gewusst hatte.“

„Davon einmal abgesehen“, begann Oscar von Neuem, „diese Invasion von Untoten, von der du vorhin gesprochen hast … war die nicht für heute Nacht vorgesehen?“

„Nööö“, kicherte Hugo, „das war doch nur ein Witz, um Doofmännern wie dir Angst zu machen.“

„Ein Witz? Ehrlich? Ich stelle fest, dass man nach Einbruch der Nacht weniger lustig ist.“

Der Junge blies Luft durch die geschlossenen Lippen, um deutlich zu machen, dass er dies für eine ausgesprochen dumme Bemerkung hielt.

„Aber trotzdem … Ich frage mich … Glaubst du, dass es Leute gibt, die uns etwas Böses wollen?“

Oscar bemerkte, wie Hugo zögerte.

„Wie kommst du darauf?“

„Ich weiß nicht genau … na ja, wegen dem Erdöl zum Beispiel“, sagte der Junge und guckte dabei nach unten.

„Du musst dich wegen dieser Geschichten nicht beunruhigen“, antwortete Oscar mit ruhiger Stimme. „Die Wahrheit ist, dass ein paar Idioten neidisch auf deine Eltern sind. Wie auch nicht! Deine Mama ist reich und berühmt, und dein Papa ist ein brillanter Kopf … und ein verdammt gutaussehender Typ!"

„Haha, das sagst du nur, weil du sein Zwillingsbruder bist!"

„Aber überhaupt nicht!", sagte Oscar mit größter Selbstverständlichkeit.

Hugo wurde wieder ernst.

„Und ich frage mich auch … Glaubst du, dass ein Toter von allein aus der Erde kommen kann?"

Sein Onkel zwinkerte mit den Augen, um zu unterstreichen, wie absurd diese Frage war.

„*Die Hölle ist leer. Alle Dämonen sind unter uns*", sagte er in einem Atemzug.

„Und was heißt das?"

„Das ist von Shakespeare und bedeutet, dass wir die Lebenden mehr fürchten müssen als die Toten."

Hugo sah seinen Onkel zweifelnd an.

„Und nachdem wir jetzt festgestellt haben, was es mit dem Gruseligen auf sich hat, wünsche ich dir schöne Träume!", sagte Oscar mit breitem Lächeln.

Mit einem Klick schaltete er Hugos Nachttischlampe aus, die Hugo aber sofort wieder anmachte.

„Sag mal, Onkelchen, was kriege ich eigentlich zum Geburtstag?"

„Überraschung!", flüsterte der Mann und zog sich zur Tür zurück.

„Sag's mir! Sag's mir!", bettelte Hugo und strampelte vor Aufregung.

Aus dem Erdgeschoss tönte die Stimme von Hélène.

„He, ho, da oben! Es ist spät! Jetzt wird geschlafen!"

„Deine Mutter wird mir eine Abreibung verpassen", stöhnte Oscar, als er das Zimmer verließ.

„Gute Nacht, du furzende Seerose!", rief ihm Hugo nach, in der Hoffnung, damit könnte der Wettkampf wieder beginnen.

„Nein, Schluss, aus! Genug gespielt!"

Oscar entfernte sich geräuschlos, und Hugo löschte seine Nachttischlampe.

Plötzlich wurde die Tür wieder aufgerissen.

„Schlaf gut, du verrotteter Fötus!", schrie Oscar.

Dann fiel die Tür wieder so heftig ins Schloss, dass die Wände wackelten.

„Das ist Betrug, das gilt nicht!", protestierte der Junge und wälzte sich vor Lachen.

Dann streckte er sich, gähnte und gab Fanette einen Kuss auf den Bauch. Während sich seine Augen an die Dunkelheit gewöhnten, schienen die Sterne noch heller durch die Vorhänge zu glitzern. Hugo schlief mit einem Lächeln auf den Lippen ein. Er wusste nicht, dass er noch vor Sonnenaufgang tot sein würde.

SIEBTES KAPITEL

HUGO UND DIE DÄMONEN DER NACHT

Mitten in der Nacht richtete Hugo sich mit einem Schrei im Bett auf.

Einige Sekunden lang versuchte er, sich an seinen Albtraum zu erinnern. Aber keines der Traumbilder kehrte zurück.

Ein warmer Wind bauschte den Vorhang.

Wie spät war es?

Alles war stockfinster. Die Kerzen hatten sich verzehrt und einen leichten Duft von Zitronengras im Raum zurückgelassen. Gekrächz aus dem Sumpf von Dorveille kündigte das Gewitter an. Ein fernes Donnergrollen bestätigte, warum die Kröten quakten.

Der Junge reckte sich. Seine Schlafanzughose klebte an seinen Schenkeln, und der Gremlinkopf auf seinem T-Shirt hatte sich mit Schweiß vollgesogen. Tastend griff er nach einer Dose Seven-Up auf seinem Nachttisch und trank einen Schluck. Die Limonade war warm und so süß – *kann man gar nicht trinken!* –, dass sie den Durst noch verschlimmerte.

Hugo legte sich wieder auf den Rücken, doch er konnte kein Auge zumachen. Er stellte sich vor, wie seine Zunge beim Aufwachen aussehen würde: grau und vertrocknet, wie die einer nach zweitausend Jahren in der Wüste ausgegrabenen Mumie.

Die Vorstellung ekelte ihn, und seufzend stand er auf.

Wenn die Dose kalt genug und etwas voller gewesen wäre, hätte er wahrscheinlich wieder einschlafen können. Unglücklicherweise beschloss er, in die Küche zu gehen.

***

Im Lichtschein seines Smartphones stieg Hugo die Treppe hinunter und durchquerte das in tiefes Schwarz gehüllte Haus. In der Küche angekommen, steckte er das Handy in die Tasche und betätigte den Lichtschalter.

Licht!

Jemand stand vor ihm, das Gesicht unter einer Strumpfmaske verborgen. Der Mann war von oben bis unten schwarz gekleidet. In der Hand hielt er einen Dolch. Hugo machte sofort kehrt, noch bevor er begriffen hatte, was das war. Er stürzte in den Flur, raste ins Wohnzimmer, stolperte über ein Möbelstück und entkam durch das Erkerfenster. In Nullkommanichts erreichte er das Sonnenblumenbeet am Rand des Gartens, wo er sich versteckte.

Die Grillen schwiegen.

Der Mann in Schwarz erschien vor der Haustür und suchte die nächtliche Landschaft Stück für Stück ab. Hinter den Sonnenblumen hockend, schluckte Hugo seine Spucke hinunter, um eine plötzliche Übelkeit zu unterdrücken. Sein Zittern übertrug sich als ein Blätterrascheln auf das ganze Beet. Der Blick des Manns blieb an den Blumen hängen, die wie unruhige Köpfe hin und her wackelten. Der Junge hielt den Atem an. Ein Summen bewegte sich in Zickzacklinien neben seinem Ohr. Das hektische Schlagen seines Herzens hatte eine nach Blut dürstende Mücke angezogen. Das Insekt ließ sich auf Hugos Wange nieder. Er wagte nicht, sich zu bewegen. Der Mann machte eine Taschenlampe los, die an seinem Gürtel hing, und näherte sich den Sonnenblumen. Der Rüssel der Mücke durchbohrte Hugos Wange. Der Mann schaltete die Lampe an, und ein heller grüner Lichtkreis glitt über den Boden.

Der Rüssel durchstach das Unterhautfettgewebe und erreichte ein Blutgefäß. So gierig sog die Mücke die süße Flüssigkeit ein, dass ihr Magen sein Volumen verdreifachte. Der Lichtkegel leuchtete Hugo plötzlich grell ins Gesicht. Der Junge sprang aus dem Beet, der Mann folgte ihm auf den Fersen.

Hugo rannte durch das Gebüsch. Die niedrig hängenden Zweige, die ihn blutig kratzten, spürte er nicht.

Angst und Schrecken hatten von seinen Beinen Besitz ergriffen. Er raste in eine Schlucht hinunter, sprang durch das Gestrüpp und durchquerte ein Kornfeld, bevor er sich hinter der Mauer versteckte, die um den Hügel von Dorveille herumlief. Während er dort kauerte, merkte er, dass seine bloßen Füße bluteten. Doch er empfand keinen Schmerz.

Der Mann in Schwarz verfolgte ihn hartnäckig. Der Schein seiner Taschenlampe bewegte sich in seine Richtung. Hugo lief weiter den Hügel hinauf. Auf halber Höhe warf er einen Blick zurück. Das Licht war ihm noch immer auf den Fersen. In panischer Angst verkroch er sich hinter einem umgestürzten Baum am Rande der Klippe. Eingezwängt zwischen dem Baumstamm und dem Abgrund, konnte er jederzeit in den See stürzen, der senkrecht unter ihm lag.

Hugo biss die Zähne zusammen, um den Gedanken an den Tod zu vertreiben. Er konnte aber sein Gehirn nicht daran hindern alle „letzten Male“ seines Lebens aufzulisten. Die letzte menschliche Stimme, die er vernommen hatte, war die seines Onkels, und die letzten Worte „du verrotteter Fötus“. Er erinnerte sich an seinen letzten Film, sein letztes Lied, das letzte Mal, dass er Fanette gekrault hatte, und an den letzten Kuss, den seine Mutter ihm gegeben hatte. Und als er an sein letztes Essen dachte, konnte er nicht anders, als sich vorzustellen, wie der Gerichtsmediziner einen Brei von Azanudeln und zwei Becher Wackelpudding in seinem Magen untersuchte.

Er hörte Schritte. Sein Körper litt darunter, dass er sich nicht bewegen durfte, und er schloss die Augen. Der Mann ging an dem Baumstamm vorbei, ohne seinen Schritt zu verlangsamen. Aber die Erleichterung darüber war nur von kurzer Dauer. Unter dem Gewicht des Jungen geriet der Rand der Klippe in Bewegung; Geröll stürzte in den See hinab. Der Mann drehte sich um. Der Stamm, hinter dem Hugo sich versteckt hatte, geriet aus dem Gleichgewicht, rollte eine Viertelumdrehung nach vorn und stieß Hugo damit über den Abgrund. Die Rinde löste sich unter seinen Fingern, und ein Nest von Spinnen wurde gegen seinen Hals geschleudert. Die wimmelnden Krabbeltiere suchten Schutz unter seinem T-Shirt, in seinem Mund, in seinen Ohren …

Ein Schrei!

Im Lichtkegel seiner Taschenlampe sah der Mann, wie ein Schattenriss ins Leere stürzte.

Mit einem lauten Geräusch prallte Hugo auf die Wasseroberfläche. Unter Wasser versuchte er noch, sich aus einem Gewirr von Schlingpflanzen zu befreien. Dann öffnete er den Mund, um zu schreien, doch die Flüssigkeit drang nun in seine Lungen. Orientierungslos schwamm er zum Grund, den er für die Wasseroberfläche hielt.

Der Mann in Schwarz lehnte sich über die Klippe und beobachtete, wie die Welle, die durch den Aufprall auf das Wasser entstanden war, sich in konzentrischen Kreisen ausbreitete.

***

Hugo gelang es, sich die Uferböschung hinaufzuziehen. Mit den Knien im Schlamm und in kurzen Stößen atmend, versuchte er, seine Gedanken zu sammeln. Er wusste nicht mehr, wer er war, noch, was er hier tat. Er konnte nicht einmal seinen eigenen Namen aussprechen. Aber dann schrie er plötzlich „HUGO!", und es klang wie ein Siegesschrei. Ein irres, stummes Lachen schüttelte seinen Bauch und belebte seine Gedanken. Als es ihm gelang aufzustehen, wärmte ein Energiestrom seine Kehle. Dank einer warmen Brise in seinem Nacken hörte er auf zu zittern. Der Schrecken verblasste. Hugo betrachtete seine zarten weißen Hände, die keine Spuren von Schlamm aufwiesen. Seine Kleidung war sauber und trocken, und die Wunden an seinen Füßen waren verheilt.

Er war nicht fähig, sich darüber zu wundern.

Ein fernes Brummen ließ ihn aufschauen. Oben am Himmel beschrieben die Positionslichter eines Frachtflugzeugs im Sternbild der Zwillinge eine gerade Linie. Hugo musste lächeln. In diesem Augenblick hätte er gern jemanden an seiner Seite gehabt, um ihm zu sagen, wie glücklich er war. Er betrachtete den See. Die Oberfläche war so glatt, dass sich die Sterne darin spiegelten.

„Das vollkommene Spiegelbild von Millionen toter Sterne“, dachte er fasziniert.

Der Umriss von etwas, das auf dem Wasser trieb, lenkte seine Aufmerksamkeit auf sich. Ein lebloser Körper! Der Körper eines Kindes. Der Körper eines Kindes, das auf dem Rücken trieb. Der Aufdruck auf dem T-Shirt kam ihm bekannt vor. Als er näher hinsah, stellte Hugo fest, dass das, was er da betrachtete, sein eigener Leichnam war.

Eine Spinne kletterte gerade zwischen den halbgeöffneten Lippen aus dem Mund des Toten.

Bald hatte Hugo das, was sich seinen Augen darbot, ganz und gar begriffen. Doch er protestierte nicht dagegen.

„Meine Leiche treibt im Spiegelbild von Millionen toter Sterne“, murmelte er.

***

Der Junge begleitete seine sterbliche Hülle, die mit der Strömung forttrieb, noch ein paar Schritte am Ufer entlang. Er wanderte zwischen Schilf und Gras, eingelullt vom Plätschern des Wassers und dem ebenmäßigen Gesang der Kröten. Alles, was er empfand, während dieses große Stück Fleisch hinter einem Vorhang von Binsen verschwand, war eine ruhige Gleichgültigkeit.

Er musste gähnen.

„Ich muss jetzt wieder nach Hause …“

Ja … nach Hause zurückkehren … bevor seine Eltern unruhig werden konnten, wiederholte er für sich, ohne die geringste Vorstellung davon zu haben, was ihn bis in den Sumpf von Dorveille geführt hatte. Er hatte sogar schon seinen Verfolger vergessen, als der plötzlich auf der Uferböschung auftauchte. Hugo trat erschrocken einen Schritt zurück. Der Mann hielt die Taschenlampe in der einen Hand, in der anderen Hand hielt er den Dolch gezückt.

„Wo ist diese Rotznase nur hin?“, zischte er zwischen seinen Zähnen. Er ging direkt auf Hugo zu und streifte ihn. Gleichgültig sah der Junge zu, wie er die Böschung hinaufstieg, und vor seiner Nase hin- und herlief. Der Mann schenkte ihm nicht die geringste Beachtung.

„Als wäre ich unsichtbar geworden!“

„Huhu … Hier … bin … ich“, stammelte Hugo dämlich.

Der Mann reagierte nicht.

„Suchen … Sie … etwa … mich?“

Während er die ganze Zeit leise vor sich hin fluchte, ließ der Mann den Lichtkegel seiner Taschenlampe unentwegt über die glatte Oberfläche des Sees gleiten. Endlich war er es leid; er brach die Suche ab und schlug den Weg zurück zum Gutshaus ein.

Hugo blieb einen Moment unbeweglich, dann verließ er den Sumpf, beinahe widerwillig.

„Ich muss jetzt wieder nach Hause …"

Als er am Fuß des Hügels anlangte, bemerkte er das flackernde Licht der Kerzen, die den Weg hinauf zum Friedhof säumten. Der Junge zögerte einen Augenblick, dann fand er es ganz normal, der Richtung zu folgen, die die Lichter anzeigten.

Der Aufstieg fiel ihm so leicht, als ginge es bergab. Das Donnergrollen mischte sich mit den fernen Schreien wilder Tiere. Diese Klagen verstärkten seltsamerweise noch die Ruhe, die in der Luft lag.

An einer Biegung des Pfads begegnete Hugo einem alten Mann mit nacktem Oberkörper, dessen Gesicht hinter einer Stiermaske verborgen war. Der Stiermann grüßte ihn mit einem Kopfnicken, was Hugo mit derselben Geste beantwortete, bevor er weiterging. Während er sich der Kuppe näherte, veränderte sich die Tonlage des Grillenzirpens, wie bei einem Tonband, dessen Laufgeschwindigkeit verlangsamt wird. Die schrillen kurzen Töne verwandelten sich in lange schwere Silben von ungeahntem melodischen Reichtum. Hugo fand dieses Phänomen nicht weiter verwunderlich und überlegte sich ganz logisch, dass die Zeit umso langsamer verstrich, je höher er stieg. Er folgte weiter dem Weg und zog seinen Kopf ein, um einem Ginsterzweig auszuweichen. Als er wieder aufblickte, stand er direkt vor einer Erscheinung. Eine junge Frau saß auf einem Steinblock über der Klippe. Leise pfiff sie eine alte englische Weise vor sich her und wiegte ihre bloßen Füße über dem Abgrund im Rhythmus des Lieds. Ihr Mondscheingewand glitzerte in der Nacht. Hugo hielt angesichts dieses Bildes die Luft an. Als die junge Frau den Jungen bemerkte, musterte sie ihn in einer Stille, die kaum vom Murmeln des Winds gestört wurde.

„Wie bist du zu Tode gekommen?"

Diese Worte rissen Hugo abrupt aus seiner Erstarrung.

„Aber was … was mache ich hier eigentlich?"

Er rieb sich die Augen, um die Erscheinung zu verscheuchen. Als er sie wieder öffnete, war sie immer noch da.

„Wie bist du zu Tode gekommen?", fragte sie noch einmal mit einer Mischung aus Neugier und Traurigkeit.

„Entschuldigen Sie … ich muss … ich muss jetzt nach Hause", stammelte Hugo.

Die junge Frau antwortete mit einem melancholischen Lächeln, das Hugo – er wusste nicht warum – eine Gänsehaut machte. Das Echo eines Lieds schwebte in der Luft. Hugo richtete seinen Blick auf die Hügelkuppe. Dem Gesang folgend, stieg er die letzten in den Felsen gehauenen Stufen des Wegs hinauf und durchquerte das Gittertor des in Nebel gehüllten Friedhofs.

ZWEITER AKT

ACHTES KAPITEL

DIE BEGEGNUNG

Der Nebel löste sich auf und offenbarte ein erstaunliches Bild. Zwar war der Friedhof noch immer derselbe Ort, und die Grabsteine waren unverändert, doch eine ganz neue Dimension hatte sich dazugesellt. Zwischen den Grabsteinen zeigten sich die verschiedensten phosphoreszierenden Pflanzen und dazwischen ein barockes Mobiliar: Paravents, Spiegel, Nähtischchen und weiche Sofas. Räucherstäbchen steckten im Boden und verbreiteten den Duft von süßen Harzen; die Bäume am Rand des eingefriedeten Bezirks glitzerten von Myriaden kleiner Kerzenflammen, die über ihre Äste verteilt waren. In der Mitte dieser Bühne stand ein Banketttisch mit allen möglichen verstaubten Gegenständen darauf: Bronzestatuetten, Teekannen, Spielkarten und Körbe mit Dörrobst.

Mitten in dieser vom Widerhall der Musik erfüllten Szenerie tanzte und sang eine fröhliche Personengruppe. Beim Blick auf ihre feingeschnittenen bleichen Gesichter, auf die Brokatkleider der Damen und die taillierten bestickten Westen der Herren hätte man sich in einen alten Vampirfilm versetzt fühlen können. Und dieser Eindruck wäre noch durch das Lied verstärkt worden, das diese Erscheinungen in ihrem munteren Chor trällerten.

Zick und zick und zack, jetzt will der Tod es uns zeigen,
Er stampft jetzt den Rhythmus mit seinem Fuße.
Um Mitternacht spielt der Tod auf zum Reigen,
Zick und zick und zack, jetzt hebt er die Fiedel zum Gruße!

Es waren fünf. Eine rundliche Großmama drehte sich unter den wohlwollenden Blicken eines Aristokraten mit einem weißen Schnurrbart. Ein niedliches Mädchen saß auf den Knien einer jungen Frau, die eine überproportional große Nase hatte. Ein Schönling mit blonder Lockenpracht spielte auf einem Klavier, das Kerzenleuchter schmückten, an denen überall das Wachs heruntertropfte. Er nannte sich Cornelius, und seine warme tiefe Stimme hallte weit unter dem Sternenhimmel.

Der Winterwind weht
Und die Nacht, sie funkelt so dunkel.
Klagen ertönen aus alten Büchern,
Bleiche Skelette sehn das Gefunkel,
Sie springen umher in Leichentüchern …

Hugos Gehirn lief heiß von all den Fragen, die er stellen wollte. Wer waren diese Leute? Was machten sie hier? Warum waren sie so verkleidet?

Zick und zick und zack, tönt die Sarabande,
Im Kreistanz die Toten, sie haben sich lieb.

Zick und zick und zack, man sieht in der Bande
Den König springen, und mit ihm den Dieb!

Das Ganze war wahrscheinlich nur ein Ulk, um ihn zu erschrecken, sagte sich Hugo. Eine Inszenierung, die wahrscheinlich von denselben Schuften organisiert war, die am Vortag den Friedhof geschändet hatten.

Doch psst! Auf einmal zerstreut sich die Bande.
Man läuft auseinander, der Himmel wird bleich.
Ach, statt Nacht jetzt trauriges Leben im Lande.
Es lebe der Tod, denn vor ihm sind wir gleich!

Das Lied war zu Ende, und die Sänger applaudierten einander höflich. Und was würde jetzt geschehen? Hugo kämpfte gegen einen lächerlichen Gedanken an, der in seinem Gehirn keimte. Und wenn er hier wirklichen Geistern gegenüberstünde? Tausendmal schon hatte ihn die Vorstellung von einer solchen Begegnung in seinen Träumen unterhalten. Doch jetzt, da er allein und im Herzen der Nacht verloren war, hatte er überhaupt keine Lust darauf, dass dieser Traum wahr würde.

Hugo hielt den Atem an, als könnte er dadurch den Lauf des Geschehens aufhalten.

Achille, der Aristokrat mit dem weißen Schnurrbart, war der erste, der seine Anwesenheit bemerkte. Obwohl er von Natur bleich war, schien der alte Mann dadurch noch weiter zu erblassen. Seine Verwirrung wirkte ansteckend auf die anderen, und seine Begleiter wandten den Kopf um. Die Gruppe war wie versteinert angesichts ihrer Entdeckung. Steif geworden wie Schaufensterpuppen, musterten sie den Eindringling.

Dann schrie das Mädchen auf einmal:

„Wie süß, ein toter Junge!"

Madame Betti hielt sich ihr Lorgnon vor die Augen, um den unerwarteten Besucher genauer betrachten zu können.

„Aber … ist das nicht der Junge, der manchmal zum Spielen hierher kommt?", murmelte Adélaïde, die junge Frau mit der großen Nase.

Aus dem Dunkel tauchte nun eine unförmige Masse auf, die in ein Cape gehüllt war, und baute sich vor Hugo auf.

„Keinen Schritt weiter, Friedhofsschänder! Der Friedhof ist nachts geschlossen!", schrie der Mann, der eine Schirmmütze mit der Aufschrift WÄRTER trug. „Raus hier! Verschwinde!", knurrte er mit seinem schwerverständlichen bäuerlichen Akzent. „Der Friedhof ist erst um acht wieder geöffnet.

„Ganz ruhig, Bruder Lustick!", besänftigte ihn Cornelius. „Du siehst doch, dass er ein Freund ist."

„Ein … ein Freund?", fragte der Wärter zögerlich und beugte sich vor, um an dem Jungen zu schnüffeln.

„Aber ja doch, er gehört zur Familie!", sagte Madame Betti gerührt.

„In diesem Fall … geht das in Ordnung“, murmelte Bruder Lustick mit einem ebenso dümmlichen wie zahnlosen Grinsen.

Madame Betti klappte ihren Sonnenschirm zusammen und kam auf Hugo zu.

Der Junge war unfähig, ein Wort zu sagen oder auch nur die Miene zu verziehen.

„Er steht noch unter Schock!“, sagte die alte Dame leise. „Er kann erst vor kurzem gestorben sein. Wir müssen ihn trösten!“

„Sie haben recht, meine Liebe! Wir wollen ihn gebührend empfangen!“, rief Achille und klatschte in die Hände.

Sofort stürzten sich die Geister auf Schränke und Koffer und zogen Abendkleider, extravaganten Schmuck und festliche Accessoires heraus. Nur Violette saß auf dem Dach einer Kapelle und beobachtete das Treiben aus der Ferne.

Hugo riskierte einen Schritt vorwärts und spürte sofort, wie ein eisiger Lufthauch durch seinen ganzen Körper ging.

Erneut blieb er stehen.

„Helfen Sie mir, bitte! Jemand hat versucht, mich umzubringen!“

„Mir scheint, das ist ihm ganz und gar gelungen“, bemerkte Adélaïde ironisch.

„Wenn du uns sehen kannst, heißt das, dass du auch tot bist“, platzte Gertrude heraus.

Gleichgültig gegenüber Hugos Verzweiflung fuhren die Geister fort, sich anzukleiden und hübsch zu machen, freudig wie Kinder, die sich auf ihren ersten Ball vorbereiten.

„Ich bitte Sie!“, bettelte Hugo. „Wir müssen meine Eltern warnen!“

„Regel Nummer eins: Man nimmt nie Kontakt zu den Lebenden auf“, antwortete Adélaïde.

„Wir müssen die Polizei rufen“, beharrte der Junge.

„Regel Nummer zwei: Wir haben keinerlei Gewalt über die Materie!“, führte Madame Betti weiter aus, während sie sich einen Pfauenfederhut auf den Kopf setzte.

„Aber ich muss nach Hause!“

„Regel Nummer drei: Wir können nicht mehr nach Hause. Tut mir leid“, versetzte Gertrude.

Cornelius hatte mittlerweile zeremonielle Kleidung angelegt, einen samtenen Dreispitz und eine Paradeweste. Er kletterte auf ein Grab und stieß mit seinem Stock gegen den Stein, um Ruhe herzustellen.

„Nun zu dir, mein Kleiner! Wie heißt du?“

„Hu … Hugo …“

„Dann heiße ich dich willkommen, Hugo, willkommen in einer Welt, die fantastischer ist als alles, was du in deinen Träumen an Fantastischem erlebt hast!“

Mit einem Fingerschnippen ließ er zwei Tamburine über seinem Kopf erscheinen. Er schlug einmal kräftig darauf, und goldenes Licht erhellte den Friedhof. Während mittelalterliche Musik die Luft erfüllte, fuchtelte Cornelius wie ein Gaukler mit seinem Stock in der Luft herum.

„Der Tod, meine Freunde, der Tod ist ein Sieg! Denn nur wer gelebt hat, erreicht seine ruhmreichen Tage!"

In leuchtenden Lettern erschien eine Schrift am Himmel.

Hugo ist tot!
Es lebe Hugo!

Cornelius hüpfte von Grab zu Grab, während er seine Festrede fortsetzte und Seidenbänder aus den Ärmeln schüttelte, die in eleganten Spiralen herabfielen.

„Um die ganze Welt erstreckt sich das grenzenlose Reich des Wunderbaren. Zwanzigtausend Meilen über uns in der Luft werden die Länder des Mondes endlich ihre Geheimnisse enthüllen …"

„Aufhören!", schrie Hugo. „Ich bin doch kein Idiot! Tote können gar nicht reden!"

„Man kann tot und doch noch da sein!", antwortete ihm Madame Betti mit einem Blick, der vor Zärtlichkeit flackerte.

„Nein! Tot ist tot!", gab Hugo zurück und stieß die alte Dame von sich.

„Ach, die Lebenden“, seufzte Adélaïde. „Sie weinen bei der Geburt, sie weinen, wenn sie sterben, kurz, sie jammern die ganze Zeit.“

Gertrude nahm Hugo schüchtern bei der Hand.

„Weißt du, es ist gar nicht schlimm, tot zu sein. Es tut auch nicht weh. Und außerdem kann man so lustige Sachen machen wie fliegen, durch Wände gehen und anderen Streiche spielen. Schau mal!“

Sie verbarg ihr Gesicht hinter ihren Händen und nahm sie dann abrupt wieder weg.

„BUUH!“

Sie war auf einmal ein weißes Kaninchen.

Hugo war so erschrocken, dass er umfiel.

„Aber Gertrude! Du erschrickst ja unseren Gast!“, brummte Madame Betti.

Plötzlich drang ein fleischloser Arm aus der Erde und packte Hugo an der Gurgel.

„Die Zombies!“, schrie Gertrude und sprang auf einen Stuhl.

Bruder Lustick zog Hugo an den Füßen, um ihn aus den Klauen der Kreatur zu befreien.

„Hau ab! Hau sofort ab, du Ekel!“

Der Zombie zog sich in seine unterirdische Höhle zurück, wobei er feuchte Zischlaute von sich gab. Hugo sah jetzt Dutzende von halb in der Erde vergrabenen Gestalten, die ihn mit hungrigen Augen betrachteten. Er versuchte gar nicht erst, das Geschehene zu verstehen, um sich nicht noch mehr verwirren zu lassen.

„Sie wollen uns doch nur Angst machen, damit wir das Gut verkaufen, hab ich recht?", sagte Hugo bestimmt und versuchte dabei, sein Zittern zu unterdrücken.

„Welch einen Unfug erzählst du uns da?", kicherte Achille.

„Das Erdöl! Das ist alles, was Sie wollen!"

Hugos Anklage war zu einer verzweifelten Bitte geworden. Zu diesem Zeitpunkt fand er es nicht mehr wichtig, ob diese Leute Strolche, Gauner oder Verbrecher waren. Er hoffte nur, dass sie eins nicht waren: Tote.

„Das Erdöl! Das ist alles, was Sie wollen!", wiederholte Hugo, vor allem, um sich selbst zu überzeugen.

„Gott, was ist der Junge laut!", seufzte Adélaïde und ließ sich auf ein Sofa fallen.

Hugo verstummte, weniger aus Höflichkeit als um Atem zu holen. Er näherte sich der Klippe, die über dem vom Mondschein übergossenen Tal ragte. Weiter unten erblickte er das Dach des Gutshauses. Die Lichter von Sainte-Rigouste an der Flanke des Hügels glitzerten wie auf die Erde gefallene Sterne. Unten auf der Ebene blinkte die Lichtreklame einer Esso-Tankstelle wie ein Leuchtturm in der Nacht. Diese wohlbekannten Bilder beruhigten Hugo sogleich. Dort unten hatte sich nichts verändert. Seine Welt, die wirkliche Welt, war nicht verschwunden – eine Welt, in der Schatten nichts als Schatten waren und die Toten bloß geträumt. Er brauchte nur den Hügel hinabzusteigen, um wieder in sein früheres Leben zu gelangen. Hugo musste nur eines sofort tun: nach Hause laufen und seine Eltern warnen. Die Polizei würde dann diese Clowns in ihren Leihkostümen mitnehmen, und alles würde wieder ins Lot kommen.

„Das ist doch wie eine Folge von einem Scooby-Doo-Trickfilm!", überlegte er, um sich Mut zu machen.

Doch zuerst musste er ein Mittel finden, um hier herauszukommen.

Hugo riss sich zusammen, legte den Kopf in den Nacken und rief: „Wenn ihr wirklich tot seid, dann beweist es doch!"

Cornelius zog amüsiert eine Braue hoch.

„Ich bin 1848 geboren! Das kommt dir doch bestimmt ziemlich … *abgedreht* vor!"

Hugo lachte krampfhaft.

„Ha! Ha! Ha! Du bist echt ein schlechter Schauspieler. Wenn du wirklich 1848 geboren wärst, würdest du das Wort *abgedreht* nicht kennen!"

„Stell dir vor, ich lerne noch dazu!", entgegnete Cornelius in liebenswürdigem, aber etwas irritiertem Ton. „Denn wenn ich mich *der Sprache meiner Epoche befleißigte, verstündest du nicht einmal ein Quäntchen davon*!"

„Was?", schrie Hugo.

„Verstündest du nicht einmal ein Quäntchen!“

„WAS?“

„WÜRDEST DU REIN GAR NICHTS SCHNALLEN, KLARO?!“, schrie jetzt auch Cornelius, den die Begriffsstutzigkeit des Jungen zu ärgern begann.

Bruder Lustick stampfte mit dem Fuß auf.

„Könnt ihr vielleicht mal aufhören zu schreien? Ihr befindet euch auf einem Friedhof. Respektiert das, verdammt!“

Cornelius hatte nun eine Eingebung. Er näherte sich Hugo mit einem Lächeln, das beruhigend wirken sollte.

„Wenn du nur wüsstest, wozu du alles fähig bist, jetzt, da du tot bist!“

Der Junge hatte ein Gefühl, als füllten sich seine Lungen mit einer eisigen Flüssigkeit.

„Vertrau mir!“, flüsterte Cornelius und breitete die Arme aus.

„Ja! Du kannst ihm vertrauen!“, rief Gertrude, die vor Aufregung von einem Fuß auf den anderen trat.

„Nein! Nein!“

Cornelius stürzte sich auf Hugo und riss ihn mit einem Ruck vom Boden. Der Junge mochte heulen und mit Armen und Beinen strampeln, so viel er wollte – das Phantom entführte ihn hinauf in den Himmel. Im Bruchteil einer Sekunde schwebte er hoch über der Erde. Cornelius flüsterte ihm ins Ohr:

„Und jetzt kannst du hören, wie die Nacht herabsinkt …“

NEUNTES KAPITEL

DAS VERBRECHEN

Eigentlich hätte Hugo Angst haben müssen, panische Angst sogar, wie er da in den Armen eines Phantoms hoch über der Erde schwebte. Der Junge fühlte sich jedoch nur ein wenig verloren, und in dieses Gefühl mischte sich eine bestimmte Befürchtung.

Das Phantom drückte ihn fest an sich, wie einen wertvollen Gegenstand. Die Flugbahn beschrieb eine Schleife, und Hugo spürte, wie der Boden ihm so nahe kam, dass die Spitzen der Kornähren seine Finger berührten. Als sie wieder an Höhe gewannen, entdeckte er sein Haus. „*Wie klein es doch ist!*“, kam ihm in den Sinn, und er musste lächeln. „*Wie habe ich es darin nur ausgehalten?*“

Seine Existenz nahm er schon nur noch verschwommen, als etwas Unerhebliches, wahr. Ein zärtliches Gefühl überkam ihn, als er an Fanette, Aza, seinen Vater, seine Mutter und alle anderen dachte, die noch Gefangene der Erde waren. Gern wäre er hinabgestiegen, um ihnen zu verkünden, dass alles gut, dass das Leben nicht so wichtig und der Tod nicht so schlimm war. Doch er wusste, es war unmöglich. Er überlegte, dass seine Eltern bei seiner Beerdigung wohl würden weinen müssen, und alles, was an Energie noch in ihm war, verlor sich in einem gerührten Lächeln.

Im Inneren seines Kopfes flüsterte eine Stimme:

„Weißt du, Hugo … es braucht seine Zeit, bis man loslassen kann …“

Er hätte nicht sagen können, woher diese Worte kamen. Doch er wusste, dass jemand sehr Zärtliches und zugleich Mächtiges sie ausgesprochen hatte, ein Wesen, das alles über ihn wusste. Seine Augen konnten es nicht erkennen, aber er spürte seine Gegenwart, seine Nähe. Er versuchte gar nicht erst, es sich vorzustellen. Obwohl er nicht herausfinden konnte, was für eine Art Leben er gerade lebte, spürte Hugo, dass er unter dem Schutz einer Macht stand, die er nicht zu fürchten brauchte. Denn hätte dieses allmächtige Wesen ihn nicht schon längst vernichtet, wenn es das gewollt hätte? Zum ersten Mal sah Hugo ein, dass er vielleicht tot war, doch diese Möglichkeit schreckte ihn überhaupt nicht mehr. Je mehr er diese Vorstellung akzeptierte, desto stärker hatte er das Gefühl, dass die Geschichte seines Lebens gerade erst begonnen hatte.

Ein Lampenschein auf dem Boden zog seine Aufmerksamkeit auf sich. Der grünliche Lichtkegel näherte sich dem Gutshaus.

Der Mann in Schwarz!

„Er kehrt zurück, um meine Eltern umzubringen!“

Dieser Gedanke weckte in ihm eine Flut menschlicher Gefühle. Seine Mutter und sein Vater waren in Gefahr! Wie hatte er das vergessen können? Eigenartig – während sein eigener Tod ihm anscheinend gleichgültig war, war der Gedanke an den Tod seiner Eltern für ihn unerträglich. Er wollte schreien, aber seine erstarrten Lippen brachten nichts als ein undefinierbares Geräusch hervor, das sich im endlosen Raum verlor.

In dem Augenblick, als der Mann in das Gutshaus eindrang, wurden die beiden Geister von der düsteren Gewalt magisch angezogen. Sie gelangten in das Haus, indem sie durch das Dach, den Fußboden oder die Wände gingen, als sei die Materie Luft für sie.

Der Mann in Schwarz durchquerte das Wohnzimmer, nicht ahnend, dass zwei Phantome über ihm schwebten. Die Geister folgten seiner Spur, als seien sie mit einem unsichtbaren Faden an ihn gebunden. Ein Quieken schreckte plötzlich den Verbrecher auf. Er war gerade auf Fanettes Plastikschwein getreten. Er versetzte dem Spielzeug einen Fußtritt und begann die Treppe hinaufzusteigen, die zum Schlafzimmer der Eltern führte.

„*Wir müssen ihn stoppen!*“, versuchte Hugo zu schreien, doch er bekam keinen Ton heraus.

***

Der Mann in Schwarz drückte die Klinke der Schlafzimmertür hinunter und schlich in den Raum. Vor dem Bett blieb er stehen, damit sich seine Augen an die Dunkelheit gewöhnen konnten. Ein wenig Mondlicht drang durch die Vorhänge. Hugos Eltern schliefen nackt, Rücken an Rücken. Ihre übernatürlich scharfen Sinne erlaubten den Phantomen, alles im Raum deutlich zu erkennen, wie wenn er in blaues Licht getaucht sei.

Der Mann schwang seinen Dolch über Hélène.

„Schau nicht hin!“, befahl die Stimme.

Aber die Augen des Jungen waren schreckgeweitet. Er konnte nicht anders, als die über seiner Mutter erhobene Klinge anzustarren. Ein blendender Lichtblitz kündigte den Horror an.

„SCHAU NICHT HIN!“

Der Dolch traf schräg auf. Schreie erfüllten das Zimmer. Nie hätte Hugo gedacht, dass seine Eltern so wild und verzweifelt heulen konnten. Er sah, wie ihr Schmerz mit der Spiralbewegung eines glitzernden Gegenstands zusammenfiel: Die Klinge blitzte wieder und wieder auf, bis die Schreie verstummten.

Schließlich verlor das Haus seine unwiderstehliche Anziehungskraft, und die beiden Geister wurden in die Nacht hinausgeschleudert.

***

Cornelius landete wieder auf dem Friedhof und hielt einen bewusstlosen Hugo in seinen Armen.

Seine Gefährten eilten herbei.

„Was ist mit ihm passiert?“, fragte Madame Betti erschrocken.

„Wir werden dieses Kind über eine Reihe von Dingen hinwegtrösten müssen“, antwortete Cornelius leise.

ZEHNTES KAPITEL

ZU TISCH!

Cornelius betrachtete angespannt die Verwüstungen des Vortags zu Füßen seines Grabs.

„Mein Gott, was die Lebenden doch für Schwachköpfe sind! Eine so seltene Blume! Etwas so Wertvolles! Warum nur zerstören sie ein solches Wunder?"

Achille stand nachdenklich und regungslos neben ihm.

„Ich beobachte bereits seit einiger Zeit, dass sich auf unserem Friedhof sehr seltsame Dinge abspielen … Haben Sie zum Beispiel diese schwarze fettige Flüssigkeit bemerkt, mit der der Boden getränkt ist?"

„Erdöl", erklärte Cornelius.

„Erdöl?", wunderte sich der Aristokrat.

„Höchst seltsam, in der Tat!"

Plötzlich ließ Achille einen Ausruf des Erstaunens vernehmen.

„Beim Bart des heiligen Georg! Cornelius, sehen Sie sich das an!"

„Was denn?"

„Morcheln!", rief das alte Phantom begeistert und zeigte auf ein paar Pilze, die sich in einer moosbedeckten Nische versteckten.

Cornelius warf einen Blick auf die Entdeckung.

„Ich würde eher sagen – Frühjahrslorcheln."

„Aber überhaupt nicht! Es sind Morcheln!", versicherte Achille.

„*Gyromitra esculenta*", beharrte Cornelius mit herablassendem Lächeln, „auch Giftlorchel genannt. Eine giftige, zuweilen sogar tödliche Pilzart."

„Zuweilen tödlich? Dass ich nicht lache! Zu meinen Lebzeiten habe ich sie pfannenweise verschlungen!"

„Und ich war zu meinen Lebzeiten Botaniker, wenn ich Sie daran erinnern darf", hielt Cornelius in scharfem Ton dagegen.

„Wahrscheinlich sind Sie gestorben, bevor Sie ihre Studien beenden konnten", gab der Alte zähneknirschend zurück.

„Ein Mundvoll davon hätte gereicht, dass Sie zehn Tage nicht vom Nachtstuhl hinuntergekommen wären, Sie sturer Bock!"

„Ich bitte Sie! Ich bin vierundvierzig Jahre vor Ihnen gestorben. Also ein bisschen mehr Respekt, wenn ich bitten darf."

„Respekt wovor?"

„Weil ich toter bin als Sie", zischte der Aristokrat entnervt.

„Meine Herren, das Essen ist serviert", rief Madame Betti fröhlich, um die Geister zu beruhigen.

Während Achille und Cornelius sich zu ihren Gefährten begaben, stellte Madame Betti eine völlig leere Tortenform auf den Tisch.

„Hmm, das riecht ja mächtig gut!", rief Bruder Lustick aus und stieß seine Gabel in den Behälter.

In den Augen eines Lebenden hätte dieses Mahl eigenartig und wenig nahrhaft gewirkt. Den Geistern dagegen machte es offenbar nichts aus, dass die Speisen unsichtbar und die Getränke bloß eingebildet waren.

„Exquisit, diese Kirschtorte!", begeisterte sich Madame Betti und kaute mit Heißhunger Luft.

„Aber pass auf deine Zähne auf!", warnte Adélaïde, während sie einen fiktiven Kirschkern ausspuckte.

Am einen Ende des Tisches saßen Cornelius und Achille und beäugten sich grimmig.

„Ich bin vielleicht tot, aber nicht senil! Ich weiß immer noch, wie eine Morchel aussieht, Sie Pfeife!"

„Sie trauriger Koprolith!", stieß Cornelius wütend hervor.

„Wie bitte?", erregte sich Achille. „Was haben Sie gesagt?"

Gertrude fragte, was das sei, ein Koprolith, aber das Schimpfwort war so schlimm, dass niemand ihr antworten mochte.

„Sie Orchidoklast!", gab der Aristokrat zurück.

Adélaïde schlug tadelnd mit der Serviette nach ihm.

„Achille, bitte keine unanständigen Wörter bei Tisch!"

„Sie mikrozephaler Zwerg!", begann Cornelius wieder.

„Sie quackelnder Tonkopf!!"

„Gekauftes Phantom!"

„Höhlenalpinist!"

„Sie Stück Aas in Kleidern!"

„Sie Ektoplasma von Spülwasser!"

Cornelius ließ seinen Kopf auf seinen Teller fallen und brach in kindisches Gelächter aus.

„Das war wirklich gut! Mit dem Spülwasser haben Sie mich fertiggemacht!"

Doch dem Aristokraten war gar nicht nach Lachen zumute; davon zeugten jedenfalls seine vor Zorn geröteten Wangen.

„Wenn ich lebendig wäre, würde ich noch hier auf der Stelle diese Pilze essen, um Ihre Unwissenheit zu beweisen!", schrie er und schlug mit der Faust auf den Tisch.

„Hervorragende Idee!", gab ihm Cornelius recht. „Ihr Durchfall würde dann die Debatte beenden."

Madame Betti ließ einen schrillen Schrei vernehmen.

„Ich möchte Sie daran erinnern, dass wir gerade essen!", brummte Bruder Lustick und füllte sein Glas wieder mit einem chimärischen guten Tropfen.

Hugo stand noch unter dem schweren Schock durch den Tod seiner Eltern – und ein wenig wohl auch seinem eigenen – und war bislang nicht aus seinem bedrückten

Schlaf aufgewacht. Die Geister hatten ihn in einem schattigen Winkel auf einen Moosteppich gebettet; Irrlichter bewachten ihn. Gertrude hatte sich neben ihn gesetzt und betrachtete ihn liebevoll.

Madame Betti machte ihr ein Zeichen.

„Zu Tisch, meine Liebe, die Torte ist ausgezeichnet!"

„Ich muss aber auf Hugo aufpassen!", antwortete das Mädchen.

„Mach dir keine Sorgen", beruhigte sie die alte Dame. „Es geht ihm gut. Er ist tot!"

Gertrude hauchte einen Kuss auf Hugos Wange und tänzelte zu den anderen hinüber.

Bruder Lustick, der gerade ein dickes Stück Nichts auf seinen Teller gepackt hatte, neigte sich zu Cornelius' Ohr hinüber.

„Und Ihre Violette? Will sie sich immer noch nicht zu uns gesellen?"

„Pah! Sie schmollt mir wie gewöhnlich", knurrte der junge Mann und warf einen Blick hinüber zu seiner Ex-Verlobten.

Violette schaukelte melancholisch über dem Abgrund. Die Schaukel, auf der sie saß, hing an Seilen, die sich zwischen den Sternen verloren.

„Seit sie tot ist, hat die Kleine ihre ganze Lebensfreude verloren", beklagte Achille, der sich gerade ein Glas imaginären Roséwein einschenkte.

Als er die Karaffe zurückstellte, verschüttete er einige Tropfen über seinem Rock.

„Du bist so ungeschickt!", tadelte ihn Adélaïde.

„Tut mir leid", brummelte der Alte. „Das ist unverzeihlich!"

Ein gut vernehmliches Gähnen zog mit einem Mal aller Aufmerksamkeit auf sich.

„Hurra! Hugo ist aufgewacht!", rief Gertrude und sprang von ihrem Stuhl.

Sie lief zu dem Jungen, um ihm aufzuhelfen und ihn an den Tisch zu geleiten. Verwirrt setzte er sich neben Madame Betti.

Bruder Lustick reichte ihm einen leeren Teller.

„Probier das mal, mein Junge!", sagte er erfreut. „Damit du wieder zu Kräften kommst!"

Hugo rieb sich die Augen, um sein Gehirn zu wecken. In angespanntem Schweigen begannen alle wieder zu essen. Ungläubig sah Hugo zu, wie seine Tischgenossen den Wind kauten. Das Geklapper der Messer und Gabeln klang, wie wenn Vögel mit ihren Schnäbeln gegen einen gefrorenen Boden picken.

„Nun zur Sache!", rief Cornelius auf einmal aus und zog eine Papierrolle aus der Innentasche seines Rocks. „Du hast Post bekommen!"

„Post?", fragte Hugo in einer Mischung aus Neugier und Furcht.

„Sie ist gekommen, während du geschlafen hast“, erklärte Madame Betti lächelnd.

Unter den aufmerksamen Blicken der Geister nahm Hugo die Rolle an sich.

Das dicke Papier war mit einer Schleife aus glänzender Seide zusammengebunden. Er faltete das Dokument auseinander und las die in Großbuchstaben gedruckte Überschrift

STERBEURKUNDE
Hugo Grimmons

Sein Name war in feierlicher Schönschrift von Hand darunter geschrieben worden.

„Herzlichen Glückwunsch!“, flüsterte Madame Betti ihm ins Ohr.

„Es ist nicht jedem gegeben, diese Urkunde auf Anhieb zu erhalten!“, bemerkte Achille.

Bruder Lustick erhob sein angeschlagenes Glas.

„AUF HUGOS TOD!“, rief er.

„AUF HUGOS TOD!“, wiederholte die ganze Versammlung den Trinkspruch.

Hugo legte die Urkunde auf seinen Teller und blieb eine Weile still.

Dann fragte er ängstlich: „Also ... ihr seid wirklich Geister ... Phantome?“

Madame Betti streichelte sein Gesicht. Ihr Lächeln machte ihre rosigen Wangen und ihre bläulichen Haare noch hübscher.

„Es ist nichts Schlimmes, tot zu sein! Wir leiden nicht darunter und sind keineswegs unglücklich. Das wäre auch gar nicht möglich. Von Natur aus erfreuen wir Geister uns vollkommener Gesundheit!“

„Und wenn ich hier bin“, überlegte Hugo zögerlich, „heißt das, dass ich … wie ihr bin?“

„Aber natürlich, mein Junge!“, sagte Cornelius lächelnd. „Wir sind alle Geister hier am Tisch.“

Ein Fausthieb ließ das Geschirr auf dem Tisch klirren.

„NEIN!!!“

Bruder Lustick stand auf, ein nervöses Zucken verzerrte sein Gesicht.

„Nein! Nein!“, stammelte er. „Ich bin nicht tot! Ich bin nicht tot!“

„Ach je, es geht schon wieder los bei ihm!“ – Adélaïde legte genervt ihre Gabel auf den Tisch.

„Ich bin kein Geist! Ich bin der Friedhofswärter!“

Achille ließ einen langen Seufzer vernehmen, der sich anhörte wie das Zischen eines geplatzten Reifens.

„Bruder Lustick fällt es schwer, seinen Tod zu akzeptieren“, flüsterte Madame Betti Hugo zu. „Obwohl er einer der ältesten Geister hier auf dem Friedhof ist. Ein Mönch des 16. Jahrhunderts!“

„Er hat solch eine Angst vor dem Tod, dass er immerzu behauptet, lebendig zu sein“, ergänzte Cornelius.

„Ich finde ihn komisch“, kicherte Gertrude.

Achille erhob sich und wandte sich mit ernsten Worten an den ehemaligen Geistlichen.

„Hören Sie, mein Freund! Nach vierhundertfünfzig Jahren ist es an der Zeit, dass Sie anfangen, sich wie ein Erwachsener zu benehmen!“

„NEIN, NEIN und noch mal NEIN! Ich bin nicht tot, ich nicht!“

„Natürlich nicht, Herr Friedhofswärter“, befand Madame Betti diplomatisch. „Und im Übrigen, was halten Sie davon, für unseren jungen Gast eine Friedhofsführung zu machen. Und bei dieser Gelegenheit können Sie uns ja auch vorstellen!“

Ein Lächeln erleuchtete Bruder Lusticks feistes Gesicht.

„Mit Vergnügen, gnädige Frau!“

Indem er mit seinen Armen wedelte, flatterte er davon wie eine Fledermaus und ließ sich auf dem Dach eines Grabmonuments nieder. Das Geisterklavier klimperte ein paar Töne, die die Rede des angeblichen Friedhofswärters einleiteten.

ELFTES KAPITEL

DIE GEISTER WERDEN VORGESTELLT

„Verehrte Besucher! Wenn man den Grabinschriften glaubt, liegen auf den Friedhöfen nur vollkommene Menschen. ‚Vorbildliche Mutter', ‚Wunderbarer Vater', ‚Treuer Freund' … Lauter Lobeshymnen sind dort zu lesen. Offenbar löscht der Tod unsere kleinen Schwächen aus. Die, die nicht mehr sind, werden mit Tugenden, Ruhm und Ehre überhäuft. Treten Sie also ein in diese vollkommene Welt! Und folgen Sie mir bitte! Die Führung beginnt …"

Mit einem Flügelschlag seines Umhangs schwebte Bruder Lustick zu Cornelius' Grab hinüber."

„Hier ruht Cornelius Pinchinat, gestorben 1878 im Alter von dreißig Jahren."

Der Botaniker grüßte Hugo mit einem Kopfnicken.

„Er war ein Freund der Blumen und Bäume, aber auch der Tiere, und sein Genie hätte die Geschichte der Wissenschaft geprägt, wenn er nicht von seiner Verlobten, Violette, wegen seiner Untreue ermordet worden wäre, die …"

„Es reicht“, ereiferte sich Cornelius. „Wie viele Jahrhunderte lang soll diese Geschichte denn noch wiedergekäut werden?“

„Wie Sie wünschen, verehrtes Phantom“, kicherte Bruder Lustick und hüpfte auf das Nachbargrab hinüber.

„An seiner Seite ruht Violette. Ach, welch eine Quelle endloser Seufzer dieses charmante kleine Grab enthält! Nach ihrer Tat stürzte sie sich eine Klippe hinab … Seitdem schmollt sie auf ewig neben ihrem treulosen Geliebten.“

Von ihrer Schaukel aus warf Violette Cornelius einen verbitterten Blick zu, auf den der junge Mann mit einem Räuspern antwortete.

„Und die Führung geht weiter!“, fuhr Bruder Lustick in seinem Singsang fort und flatterte zu einem anderen Grab.

„Hier liegt Achille de Mougins Roquefort, verschieden durch ein Missgeschick am Sonntag, den 28. Dezember 1834. Er starb im Schlaf, erstickt durch sein Gebiss, das er vor dem Einschlafen aus dem Mund zu nehmen vergessen hatte.“

„Du bist so ungeschickt!“, zischte Adélaïde.

Achille entschuldigte sich mit einem verlegenen Lächeln, das mit dem Klappern von Porzellan einherging. Bruder Lustick fuhr nun mit seiner feierlichen Leichenrede fort und zeigte auf einen weiteren Namen, der in den Grabstein graviert war.

„Achille ruht an der Seite seiner Mutter, Adélaïde de Mougins Roquefort, die bei seiner Geburt im Alter von siebzehn Jahren von uns genommen wurde, wovon die ergreifende Inschrift zeugt, die ihr Ehemann auf ihr Grab schreiben ließ:

Gestorben in der Folge eines glücklichen Ereignisses

Bei der Erinnerung an dieses Ereignis sank Achille in die Arme einer Mutter.

„Ach, verzeiht mir, verzeiht mir, Mama!", bat er unter Seufzern.

„Du bist so ungeschickt", wiederholte Adélaïde, und in ihren Augen glitzerten vorwurfsvolle Tränen.

Bruder Lustick beeilte sich, das von grünlich-orange schimmerndem Moos bedeckte Nachbargrabmal zu erreichen.

„Unter diesem hübschen Teppich von üppigen Pflanzen ruht Madame Betti Stanghellini. Sie war eine Liebhaberin der Künste und eine Muse der Maler und Dichter. Ihr Tod war ebenso verrückt und fröhlich wie ihr Leben; er trat ein, als sie an einem schönen Sommerabend am eigenen Lachen erstickte, während sie einen betrunkenen Esel beobachtete, der versuchte, Feigen zu fressen."

Madame Betti brach in ein Lachen aus, das so ansteckend war, dass alle außer Adélaïde mitlachen mussten.

„Aber bitte, meine Herrschaften, ein bisschen Respekt vor den Toten, wenn ich bitten darf!“, prustete Bruder Lustick heraus.

Er hüpfte zu einem von der Zeit bereits sehr angegriffenen Grabstein, auf dem mit gotischen Lettern stand:

PATER BENEZET TROPHIME,
GENANNT BRUDER LUSTICK 1448–1503

„Und wer liegt unter diesem Stein?“, fragte Achille schalkhaft.

„Unter dem? Das weiß man nicht mehr“, fertigte Bruder Lustick den Fragesteller ab und beeilte sich, ein anderes Grab zu erreichen, das mit kleinen Engelsfiguren geschmückt war.

„Sammeln wir uns nun vor dem Grab eines kleinen Mädchens, das mitten in einem fröhlichen Frühjahrsausflug der Tod ereilt hat …

„Ah, das bin ich!“, rief Gertrude, hob den Arm und schnipste mit den Fingern.

„Die Unglückliche war gerade erst sieben Jahre alt …“

„SiebenEINHALB Jahre“, protestierte Gertrude.

„SiebenEINHALB Jahre“, korrigierte sich Bruder Lustick, „als sie auf den Grund eines Sees sank …“

„Da kann ich nichts für“, quengelte das Mädchen. „Ich wollte doch nur die Enten streicheln …“

Ihr Jammern verwandelte sich in ein hysterisches Lachen.

„Aber dabei bin ich ertrunken! Hihihi!"

Alle Geister brachen erneut in Gelächter aus, und selbst Adélaïdes Nasenflügel zitterten unwillkürlich.

Während er dieses Schauspiel beobachtete, stellte Hugo ein wenig enttäuscht fest, dass es im Jenseits auch nicht vernünftiger zuging als auf der Erde und dass jemand sehr wohl zugleich tot und völlig irre sein konnte. Mit tausend Gedanken beschäftigt, wanderte er zwischen den Stelen umher, die sich mehr oder weniger schief zwischen dem phosphoreszierenden Farn erhoben.

„Und die anderen Toten?", fragte er. „Wo sind denn die?"

„Anderswo", antwortete Achille, der noch damit beschäftigt war, seine Lachtränen zu trocknen.

„‚Sublimiert', um den technischen Begriff zu verwenden", präzisierte Cornelius.

„Und ihr, warum seid ihr noch hier?"

„Ich, weil ich hier der Friedhofswärter bin", beeilte sich Bruder Lustick zu wiederholen, um nicht vergessen zu werden.

„Es gefällt uns, immer wieder in der Welt zu wandeln, in der wir gelebt haben", sagte Madame Betti und berührte einen Stapel verstaubter Bücher mit ihrer behandschuhten Hand. „Es ist die Nostalgie, die uns in der Nähe unserer Gebeine hält. Diese Umgebung ist so sanft, so friedlich, findest du nicht? Ist dies hier nicht der ideale Ort, um zu träumen, zu lachen und sich gemeinsam mit den Freunden zu erinnern?"

„Aber nimm dich in Acht!", ließ sich auf einmal Violette vernehmen.

Die junge Frau näherte sich den übrigen Geistern auf einem Nebelteppich, als ginge sie über Wolken. Sie streifte Cornelius, ohne ihn eines Blickes zu würdigen, und kniete sich vor Hugo hin.

„Du musst wissen, dass dieser Friedhof auch sehr widerwärtige Dinge beherbergt!"

„Ja, sehr widerwärtige Sachen!", wiederholte Gertrude.

Das Piano spielte einen düsteren Akkord, um die Schwere der Drohung zu unterstreichen.

„Siehst du die rotglühenden Augen, deren Blicke dich vom Erdboden aus verfolgen?", flüsterte Violette.

„Da, neben den Morcheln!", zischte Achille zwischen seinen wackeligen Zähnen.

„Das sind Zombies!", erklärte Adélaïde augenrollend.

Hugo versuchte, diese Kreaturen in der Dunkelheit zu erkennen. Ihre Gesichter waren nicht mehr als eine Masse formlosen Fleisches, in der man zuweilen den Rücken einer Nase oder die Furche eines Mundes zu erkennen meinte. Ihre leuchtenden Pupillen fixierten den Jungen.

„Was du da siehst, ist nichts gegen die vielen, die sich noch unter unseren Füßen verstecken", vertraute Madame Betti Hugo an. „Der ganze Untergrund ist voll von diesen Monstern!"

„Unter all den verschiedenen Arten von Phantomen, die das Universum bewohnen, ist der Zombie die menschenähnlichste", erklärte Cornelius. „Was bedeutet, dass man sich vor ihnen in Acht nehmen muss! Sicher, wir immateriellen Geister haben nichts von ihnen zu befürchten. Aber Zombies sind organische Wesen, die die Fähigkeit besitzen, auf die Welt der Lebenden einzuwirken. Glücklicherweise macht der Hass sie zu Gefangenen der Erde. Doch wenn es ihnen aufgrund einer Unvorsichtigkeit gelingt, zu entkommen, steigen sie herauf, um schreckliche Verbrechen zu begehen!"

„Was für Verbrechen?", stammelte Hugo erschrocken.

Madame Betti neigte sich zu seinem Ohr hinab.

„Das bisschen Hirn, das ihnen verblieben ist, kennt nur eine Leidenschaft: ein Mittel zu finden, wie sie aus der Erde herauskommen und an die Menschen gelangen können, um sie zu verschlingen!"

„Ihre niederträchtige Seele versteht es GROSSMEISTERhaft, unschuldige Herzen zu manipulieren", fügte Adélaïde hinzu. „Nimm dich also in Acht! Wenn sie dich ansprechen, musst du sie ignorieren. Wenn sie die Hand nach dir ausstrecken, ergreife sie niemals!"

Hugo betrachtete die Geister misstrauisch.

„Und woher weiß ich, dass ihr keine bösen Kreaturen seid, die mich gerade verwirren wollen?“

„Aber wir sind doch Geister!“, rief Madame Betti aus, so, als sei damit alles gesagt.

„Geister sind die freundlichsten Phantome des ganzen Universums!“, versicherte Gertrude mit großen Augen.

„Was soll das denn heißen?“, fragte Hugo verwundert. „Gibt es etwa verschiedene Sorten von Phantomen?“

„Ach je, mein Kleiner!“, erwiderte Cornelius lachend. „Das Universum ist voller Geister in den verschiedensten Formen und mit ganz unterschiedlichem Charakter. Es gibt so viele verschiedene wie Sandkörner auf der Erde: Vampire, Ektoplasmen, Poltergeister, Weiße Frauen und noch ganz andere!“

„Und ich?“, fragte Hugo, den das auf einmal sehr interessierte. „Was für eine Art Phantom bin ich jetzt?“

„Das hängt ganz von der Ursache deines Todes ab“, antwortete Cornelius.

Hugo versuchte, seine Erinnerungen an seine letzten Augenblicke zu ordnen.

„Ich kann mich nicht mehr erinnern … Das ist wie Nebel in meinem Kopf … Es war Nacht … Ich hatte Durst … Und dann hat mich etwas erschreckt … Ich bin in den Wald gelaufen … Ich hatte Angst, ich weiß nicht mehr, wovor …“

Achille fand Hugos Erinnerungsverlust bemerkenswert und warf deshalb diskret einen Blick auf die Urkunde, die der Junge auf seinen Teller gelegt hatte. Der in dem Vordruck für die Benennung der Todesursache vorgesehene Kasten war leer. Der Geist machte große Augen. So etwas war völlig ungewöhnlich. Absolut erstaunlich! Schon seinen ganzen Tod lang hatte er nie eine unvollständige Urkunde gesehen. Er legte das Dokument zurück, ohne seine Verwirrung zu zeigen.

„Ich bin auf den Hügel gestiegen“, fuhr Hugo fort, „und dann bin ich in den See gefallen … und da bin ich, glaub ich, ertrunken …

„Genau wie ich!“, bemerkte Gertrude nicht ohne einen gewissen Stolz.

„Ertrunken? Das ist eine verdammt gute Nachricht“, rief Madame Betti aus. „Die Ertrunkenen, die reinen Herzens sind, werden Geister! Wie wir! Ist das nicht wunderbar?“

Nein, Hugo fand das gar nicht „wunderbar“. Gerade noch hatte er gemeint, sich mit der Vorstellung, dass er tot war, abfinden zu können. Doch jetzt überkam ihn von neuem eine Panik.

„Und meine Eltern? Wo sind die? Wenn sie auch tot sind … wieso sind sie dann nicht hier?“

„Du brauchst dich ihretwegen nicht zu sorgen“, versuchte Madame Betti ihn zu beruhigen. „Sie sind bestimmt nicht weit! Stell dir einfach vor, wir stehen auf der Theaterbühne, und sie warten hinter den Kulissen auf dich!"

Hugo hatte das Gefühl, sein ganzer Körper sei mit eisigem Schweiß bedeckt.

„Nein! Ich will nicht tot sein! Ich möchte, dass alles wieder so wird wie vorher", stammelte er und begann zu schluchzen.

„Was für ein Waschlappen!", bemerkte Adélaïde säuerlich. „Der Herr flippt ja aus, nur weil er tot ist! Dabei gibt es doch wahrlich Schlimmeres im Leben!"

„Versetzt euch doch mal an seine Stelle!", antwortete darauf Violette. „In ein und derselben Nacht seine Eltern zu verlieren und selbst zu sterben, das ist ein bisschen viel für einen kleinen Jungen!"

„Wir sollten ihm das Jenseits als einen fröhlichen und interessanten Ort darstellen!", flüsterte Madame Betti ihren Gefährten zu.

„Prima Idee!", stimmte Achille zu. „Singen wir für ihn das Lied von der Wonne, tot zu sein."

Adélaïde reagierte darauf mit einem Schulterzucken, während die übrigen Geister sich im Kreis um Hugo aufbauten, um jeweils etwa Tröstendes zu sagen.

„Kopf hoch, Kleiner! Verstehst du denn nicht, dass der Tod etwas Besseres ist als das Leben?"

„Die Menschheit ist den Sternen peinlich. Was ist denn schlimm daran, nicht mehr dazuzugehören?"

„Aus diesem Dreck herauszukommen, diesem Theater von Verrückten, ist das denn ein Grund zu trauern?“

„Denk einmal an die Vorteile, die die ewige Ruhe hat!“

„Keinen Schorf mehr auf den Lippen, kein Karies an den Zähnen!“

„Keine Wespenstiche, keine aufgeschürften Knie mehr!“

Bruder Lustick und Madame Betti saßen auf beiden Seiten eines Bretts, das sie als Wippe benutzten, und lachten aus voller Kehle.

„Ganz davon zu schweigen, dass ein Toter jahrhundertelang Schinkenklopfen spielen kann, ohne dass ihm je der Hintern wehtut“, kreischte die alte Dame.

Hugo stand auf und machte mit seinen Blicken klar, dass es ihm reichte.

„Stell dir vor, was für ein Glück du hast.“ Adélaïde deutete ein melancholisches Lächeln an. „Jetzt, wo du tot bist, kannst du niemals Kinder haben!“

„Wieso denn das? Haben Sie etwas gegen Kinder?“

„Aber nicht doch, mein Kleiner“, gab sie mit unvermuteter Wärme zurück. „Aber Kinder zu machen, bedeutet, die eigene Existenz aufzugeben. Es heißt, es gebe nichts Schöneres auf der Welt, aber das ist eine Lüge! Die Männer machen den Frauen Kinder aus einem einzigen Grund, nämlich um sie in ihren Zimmern gefangen zu halten.“

„Ich hatte geglaubt, sie machen Kinder aus Liebe!", entgegnete Hugo.

„Ist es aus Liebe, dass die Menschen das Fleisch von ihrem Fleische Krankheiten, Religion, Zwangsarbeit, Krieg, Steuern und Erdbeben aussetzen?"

Ein Lichtstrahl durchbrach auf einmal den Nebel, und die Geister erblickten die Umrisse zweier Gestalten, die die Treppen zum Friedhof hinabstiegen.

„Verdammt! Lebende!", stellte Adélaïde fröstelnd fest.

„So früh schon?", fragte Cornelius erstaunt.

„Ich mag keine Lebenden! Die machen mir Angst!", quengelte Gertrude und drückte sich an Madame Betti.

Getreu seiner Rolle als Friedhofswärter stürzte sich Bruder Lustick auf die Besucher.

„Halt, Sie Friedhofsschänder! Der Friedhof ist nachts geschlossen!"

„Hör doch mit dem Zirkus auf!", rief ihm Cornelius zu. „Du weißt doch, dass sie dich nicht sehen können!"

Bruder Lustick machte nur „Pffff!" und ging schmollend davon.

Der Nebel war so dicht, dass die Taschenlampen der Besucher regelrechte Laserstrahlen auszusenden schienen. Für diese Menschen war der Friedhof nichts als ein Durcheinander von Gestrüpp und in der Nacht verteilten Trümmern. Wie hätten sie auch ahnen können, dass Geister alle ihre Handlungen genau beobachteten? Denn wenn für die Lebenden die Welt der Toten unsichtbar ist, so haben die Toten dafür die Lebenden vollkommen im Blick. Leider! Hundertmal leider! Denn Hugo hätte es gewiss vorgezogen, der Szene, die sich vor seinen Augen abspielen sollte, niemals beizuwohnen.

ZWÖLFTES KAPITEL

DIE VERSCHWÖRUNG

Hugo hatte kein Problem, die Besucher zu erkennen.

„Hugo! Bist du da? Du brauchst keine Angst zu haben. Ich bin's, Gringoire! Der Polizist!"

Der Bürgermeister folgte Gringoire auf dem Fuß und suchte mit zitternden Händen im Schein seiner Taschenlampe die Gräber ab.

„Komm heraus, mein Junge! Wir sind ja jetzt da. Du hast nichts mehr zu befürchten."

Am liebsten wäre Hugo ihnen in die Arme gefallen und hätte sich fest an sie gedrückt, damit ihn dieser Kontakt wieder ins Leben zurückbrächte. Aber leider steht man nicht von den Toten auf, außer im Märchen oder im Traum. Und selbst wenn er sich hätte zeigen können, wären die beiden Besucher schreiend vor ihm, einem Phantom, davongelaufen. Er spürte eine unendliche Traurigkeit. Man konnte lange nach ihm suchen – er würde nie mehr der Junge sein, dessen Namen die Männer riefen.

„Aber wo könnte er hin sein?", jammerte der Bürgermeister ängstlich.

„Ganz ruhig, Émile. Wir werden ihn ganz sicher noch finden."

Hugo erkannte jetzt in der Ferne eine weitere Gestalt. Eine, die eine schreckliche Erinnerung in ihm weckte: der Mann in Schwarz! Der Dolch, den er in der Hand hielt, war noch nass vom Blut seiner Eltern. Weder Gringoire noch Bouffarel hörten, wie er sich näherte. Hugo hätte sie gern gewarnt und „Achtung, hinter euch!" geschrien.

Plötzlich spürte Bouffarel etwas in seinem Rücken. Er drehte sich abrupt um und leuchtete dem Mörder ins Gesicht.

„Ach Sie sind das. Sie haben mir einen schönen Schrecken eingejagt", sagte der Bürgermeister erleichtert.

„Und?", brummte Gringoire, „wo ist dieser verdammte Knirps?"

„Keine Ahnung", maulte der Mann in Schwarz, „ich habe gesehen, wie er in den See gefallen ist, aber sonst nichts. Mit etwas Glück ist er vielleicht ertrunken."

„Vielleicht ertrunken?"

Eine weitere Stimme erklang in der Dunkelheit. Der Marquis von Balibari tauchte aus dem Nebel auf und näherte sich dem Mann in Schwarz; ein spöttisches Lächeln umspielte seine Lippen.

„Mein Lieber, man tötet nicht ‚ein bisschen', ‚vielleicht' oder, ‚halb'. Es ist stets besser, das, was man begonnen hat, auch ordentlich zu Ende zu führen. Und das gilt ganz besonders, wenn man die Absicht hat, eine ganze Familie zu ermorden."

Mit seinen tief eingekerbten Wangen, seiner Adlernase und seinem zurückgekämmten weißen Haar war der Marquis ein Muster von unsympathischer Eleganz. Er ging in die Hocke, um einen Finger in eine Erdölpfütze zu stecken.

„Wenn der Junge überlebt, war die Ermordung seiner Eltern für die Katz. Er würde das Gut erben, und wir könnten uns von der Idee verabschieden, diesen Schatz zu besitzen."

Er stand auf und blickte den Mann in Schwarz scharf an.

„Wir hätten Ihnen niemals die Rolle des Mörders anvertrauen dürfen. Wenn wir, wie ich empfohlen habe, einen Profi genommen hätten, wären wir jetzt nicht in dieser Lage. Aber Sie wollten sie ja unbedingt selbst umbringen! Und ich habe nachgegeben! Mea culpa! Meine Mutter hat es mir immer gesagt: Mein gutes Herz wird mich irgendwann ins Unglück stürzen!"

Oscar zog seine Strumpfmaske ab, und ein bleiches Gesicht mit völlig entgleisten Zügen kam zum Vorschein. Er setzte sich auf ein Grab, um sein Zittern besser unterdrücken zu können.

„Apropos umbringen", fuhr der Marquis mit ironischer Stimme fort, „hat Ihnen eigentlich das Töten so viel Spaß gemacht, wie Sie sich erhofft haben? Es ist nämlich eine Sache, jemandem den Tod zu wünschen, aber eine andere, ihn mit den eigenen Händen zu ermorden. Leider klafft manchmal ein Abgrund zwischen Traum und Wirklichkeit."

Oscar schwieg weiter, den Blick ins Leere gerichtet. Balibari setzte sich neben ihn und flüsterte ihm ins Ohr:

„Kann ich Ihnen eine Frage stellen? Sie ist ein wenig indiskret, aber wir sind Komplizen in einem verabscheuenswürdigen Verbrechen ... Das stellt eine gewisse Intimität her, finden Sie nicht? Unsere Motivation zu diesem Verbrechen ist einfach materieller Natur. Das gehört nun einmal seit je zur Mentalität der Leute vom Land. Aber Sie? Auf das Geld kommt es Ihnen doch gar nicht an, nicht wahr? Was hat Ihnen also dieser verdammte Bruder getan, weshalb haben sie so sehr seinen Tod gewollt und den seiner ganzen Familie?"

Oscar stand ganz im Banne seiner Erinnerungen, und er öffnete seinen Mund, um ein Geheimnis zu verraten ...

Doch ein Rufen in der Ferne ließ seine Lippen erstarren.

„Huuuugo! Huuuugo!"

Die vier Männer beugten sich über die Klippe. Am Horizont zeichnete sich im ersten Morgenlicht Azas Silhouette ab. Fanette lief vor ihr her. Die alte Frau irrte auf der Böschung über dem Sumpf umher und rief immer wieder verzweifelt:

„Hugo! Antworte doch! Huuugoo!"

„Sie hat die Leichen der Eltern entdeckt“, stellte Gringoire mit gedämpfter Stimme fest, „und jetzt sucht sie den Jungen.“

„Gott gebe, dass er tot ist“, wünschte sich Gringoire mit zitternder Stimme und bekreuzigte sich. „Wenn der Kleine überlebt, kann diese Geschichte bös enden!“

„Sie wird über mein Verschwinden erstaunt gewesen sein“, stellte Oscar beunruhigt fest.

„Sie werden sagen, dass Sie das Kind suchen gegangen sind. Und das wird nicht einmal eine Lüge sein“, bemerkte darauf mit einem eiskalten Lächeln der Marquis.

Er zog ein Fernglas aus der Tasche, um zu beobachten, wie in der Ferne die Rettungswagen zur Stätte des Doppelmords rasten.

„Die Rettung ist unterwegs. Alles geht nach Plan. Wir müssen nur noch des Jungen habhaft werden. Natürlich ist er tot! Also, alle auf ihre Posten. Halten wir uns bereit für die Fortsetzung unserer Operation …“

Und die vier Gestalten verloren sich in der Dämmerung.

***

Hugo lag bewusstlos am Boden. Seine Augen waren wie mit einem dichten Schleier bedeckt, so als sei er von dem, was er gerade gesehen hatte, erblindet.

„Armes Kind“, seufzte Achille. „Wenn er nicht schon tot wäre, hätten diese Enthüllungen ihn wahrscheinlich umgebracht.“

„Schöne Familie, das, bravo!“, tönte Bruder Lustick empört.

Gertrude schüttelte Hugo vorsichtig an den Schultern, um ihn zu wecken.

„Lass ihm ein bisschen Zeit, zu sich zu kommen“, sagte Madame Betti zu ihr.

„Ich kann mir die Freude dieser Galgenstricke vorstellen, wenn sie herausfinden, dass Hugo wirklich tot ist“, grummelte Achille.

„Dann können sie alle ihr übles Vorhaben wahrmachen“, fuhr er fort.

„Aber wenn Hugos Onkel Monliard erbt“, seufzte Adélaïde, „werden die Menschen hier nach Öl bohren. Und was wird dann aus unseren Gräbern, unseren Statuen und unseren Gebeinen?“

„Sie werden unsere Skelette ausgraben!“, schrie Gertrude entsetzt.

„Beruhigt euch!“, rief Cornelius. „Betrachten wir das Problem logisch und mit Methode! Vor allem müssen wir herausfinden, wo dieses Erdöl herkommt.“

„Wenn Sie sich mit Erdöl genauso gut auskennen wie mit Pilzen, kriegen wir mit Sicherheit überhaupt nichts gebacken.“

Aus einer Pfütze erhob sich das Fratzengesicht eines Zombie. Seine schwarzglänzende Visage musterte mit frechem Grinsen die ganze Versammlung. Cornelius betrachtete ihn ungläubig. Dann schlug er sich mit der Hand gegen die Stirn und rief:

„Jetzt versteh' ich!"

„Was? Was haben Sie verstanden?", hakte Madame Betti nach.

„Das ist eine Falle, die sie den Menschen stellen! Die Zombies wissen, dass sie nicht der Versuchung widerstehen werden, in dem Hügel zu bohren und zu graben."

„Aber was zum Teufel soll das ihnen denn bringen?", fragte sich Achille, „dieser Hügel ist doch auch ihr Wohnsitz!"

„Überlegen Sie doch mal! Wenn der Hügel durchlöchert wird, können sie sich endlich befreien!"

„Und losziehen und die Menschen fressen!", brachte Madame Betti den Gedanken zu Ende.

Angesichts des Ausmaßes der bevorstehenden Katastrophe wurden die Geister schreckensstarr. Ein Zombie, der ihnen zugehört hatte, feixte: „Wenn wir nicht zu den Menschen gelangen können, lassen wir die Menschen einfach zu uns kommen!"

„Ihr seid ekelhaft!", schrie Gertrude und warf ihm einen Stein an den Kopf. „Wegen euch haben böse Menschen Hugo und seine Familie ermordet!"

„Wir haben nicht viel dafür zu tun brauchen“, entgegnete der Zombie süffisant. „Die Menschen werden nie wirklich damit fertig, dass sie geboren worden sind. Um sich darüber hinwegzutrösten, sind sie zu den größten Gemeinheiten fähig …“

„Menschenfleisch hat einen üblen Geruch von Dummheit und Grausamkeit“, ergänzte ein anderer Zombie. „Aber leider ist es gerade dieser Gestank, der unseren Appetit anregt … Ach, wir armen Verdammten, wir können auf immer nicht anders, als ausgerechnet Menschen zu begehren.“

Hugo stieß einen Seufzer aus, und die Geister beugten sich über ihn.

„Er wird doch nicht etwa ein zweites Mal sterben“, raunte Achille.

Hugo spie nun einen ganzen Schwall Schlamm aus.

„Habt ihr das gesehen?“, murmelte Bruder Lustick erstaunt.

Cornelius ging in die Knie, um genauer zu beobachten, was sich da abspielte.

„Man könnte meinen … das ist ein Atemhauch!“

„Ist das denn die Möglichkeit?“, stammelte Achille.

„Ich weiß es nicht, aber es ist eklig!“, befand Adélaïde und kräuselte vor Abscheu die Nase.

Ein gluckerndes Geräusch ließ die Geister erneut zusammenfahren.

„Habt ihr das gehört?“

„Es kommt aus seinem Bauch!“

Jetzt war ein Rülpser zu vernehmen.

Gertrude machte große Augen.

„Kein Phantom kann etwas aushauchen oder einen gluckernden Bauch haben.“

Achille griff nach Hugos Sterbeurkunde.

„Und das ist noch merkwürdiger. Seht doch! Hier ist weder Todesursache noch Todesdatum vermerkt!“

Die Zombies reckten die Hälse, um einen Blick auf das Dokument zu erhaschen, das Achille beunruhigt studierte.

Plötzlich ertönte ein Telefonklingeln, und ein helles Viereck leuchtete aus der Tasche von Hugos Schlafanzughose.

„Was ist das denn schon wieder für ein Teufelswerk!“, schrie Adélaïde.

Cornelius zog das Gerät vorsichtig an dem Kopfhörerkabel heraus. Auf dem leuchtenden Bildschirm war zu lesen: „Unbekannter Anrufer“.

Achille griff nach dem Objekt, um es zu untersuchen.

„Komische Laterne!“

Als er auf den Bildschirm herumtippte, kam ein näselndes Geräusch aus den Kopfhörern. Neugierig geworden, steckte sie der Geist sich in die Ohren. Ein Lied erklang, das er bis in sein tiefstes Inneres spürte:

Auf der Erde zu leben
Ist gut für Rüben und Reben.
Doch von uns will ein jeder
Schweben wie eine Feder.
Federleicht
Federleicht

„Eine Musiklaterne!“, begeisterte sich der Aristokrat. „Das ist doch verrückt! Herrlich verrückt!“

Mitgerissen von dem modernen Rhythmus, deutete er ein paar Tanzschritte an und sang in ohrenbetäubender Lautstärke den Refrain mit:

FE-HE-DERLEICHT, FE-HE-DERLEICHT!!

Mit einer schnellen Geste riss Adélaïde ihm die Kopfhörer aus den Ohren.

„Hören Sie bitte auf, sich in diesen dramatischen Augenblicken wie ein dummes Kind aufzuführen!“

Ein erneutes Gluckern zog wieder die allgemeine Aufmerksamkeit auf Hugo.

„Die Situation ist ernst“, erklärte Cornelius. „Wir müssen den Poemander kontaktieren.“

„Den Poemander?“, fragte Bruder Lustick erschrocken. „Nein, nein vor dem habe ich Angst!“

Cornelius öffnete die Schublade einer Kommode und holte eine Kerze mit Dochten an beiden Enden hinaus.

„Nur ein Zauberer seines Ranges kann mit Sicherheit sagen, welcher Natur Hugos Geist ist.“

„Sie haben recht“, pflichtete Madame Betti ihm bei. „Es wird Zeit, dass wir erfahren, mit wem wir es hier zu tun haben.“

Cornelius entzündete die Kerze und rief dreimal den gefürchteten Namen:

„Poemander … Poemander … Poemander!“

Beim dritten Anruf scharten sich die Geister zitternd hinter Cornelius.

DREIZEHNTES KAPITEL

DER POEMANDER

Vom Himmel senkte sich, umgeben von einer Rauchsäule, eine längliche Gestalt herab. Dieser hagere Riese hatte ein strenges Gesicht und schütteres Haar, und er trug einen beigen Smoking, dazu eine Fliege aus roter Seide. Sein Duft nach Benzoe unterstrich seine Bedeutung.

Die Geister begrüßten ihn mit respektvollem Kopfnicken.

„Lieber Poemander", begann Cornelius, „wir haben uns erlaubt, Sie hierherzubitten, damit Sie ein Rätsel lösen, vor dem wir stehen."

Der Zauberer fixierte sein Gegenüber mit einem teilnahmslosen Blick, der umso verwirrender war, als er mit keiner Wimper zuckte.

„Wir haben den Geist eines Jungen aufgelesen, dessen Verhalten für uns unerklärlich ist", fuhr Cornelius fort.

„Wir befürchten, dass es ein Dämon ist!", warf Adélaïde ein.

„Sehen Sie", flüsterte Madame Betti, „in seinem Bauch gluckert es, und er spuckt Schlamm!"

„Außerdem fehlen in seiner Sterbeurkunde sowohl das Datum als auch die Ursache!"

Ohne auch nur die geringste Emotion zu zeigen, senkte der Poemander seinen Blick zu dem Jungen hinab. Es folgte ein langes Schweigen, währenddessen Bruder Lustick feststellte, dass die Finger des Zauberers keine Nägel hatten, was er abstoßend fand.

Endlich erhob der Poemander sein Haupt und verkündete mit gleichmütiger Stimme:

„Die Sache verdient eine nähere Untersuchung."

***

Hugo erwachte in einem Sessel mit zurückgestellter Lehne, wie bei einem Zahnarzt. Auf seinem Kopf trug er eine Art Krone aus Metall, mit stachelartigen Spitzen, die mit Kupferdrähten verbunden waren. Aus den Seiten des Sessels ragten Arme mit Gelenken und Tabletts, auf denen wunderliche Instrumente lagen: ein Quecksilber-Fantometer, ein Ektoplasma-Kondensator, ein Geist-Verdampfer und eine ganze Reihe von Fläschchen, in denen geheimnisvolle Substanzen blubberten. Der Zauberer schnüffelte sorgfältig an dem Jungen und stupste ihn mit dem Finger an, um sich zu vergewissern, dass er keine bösartigen Wellen aussandte.

„Mir scheint, du hast eine Meinungsverschiedenheit mit Personen gehabt, mit denen der Umgang wenig empfehlenswert ist", sagte er, während er das Gebiss des Jungen untersuchte. „Was ist da passiert?"

Hugo war zu schwach, um zu antworten.

„Er behauptet, er sei ertrunken“, flüsterte Madame Betti.

„Im Wasser?“, fragte der Zauberer.

„Wo denn sonst?“, kicherte Bruder Lustick unvorsichtigerweise.

Der Poemander drehte sich um und funkelte den unverschämten Kerl an.

„Ich habe schon Kinder gesehen, die an Milch ertrunken sind oder die am eigenen Speichel erstickt sind! Oder in einer Suppenschale! Oder an einem Glas Orangensaft!“

Verwirrt senkte Bruder Lustick den Kopf, gewissermaßen als Entschuldigung.

„Ich … ich bin … ich bin in den See gestürzt“, stammelte Hugo schwach.

„War das ein Unfall oder ein Verbrechen?“, fragte der Poemander, während er eine Vergrößerungsbrille aufsetzte, die seinen Blick noch strenger erscheinen ließ.

„Ich weiß nicht mehr“, murmelte der Junge, dem es so vorkam, als sei sein Tod schon tausend Jahre her.

Mit Hilfe eines Spekulums untersuchte der Zauberer das Innere des Ohrs seines Patienten, dann biss er leicht auf einen seiner Daumen.

„Er hat überhaupt nicht die Weichheit von Ektoplasma …“, verkündete er, „… noch die Bitterkeit von

Wiedergängern“, fuhr er fort, während er auf einem von Hugos Haaren kaute.

Der Zauberer steckte jetzt einen Finger in den Mund des Jungen und tauchte ihn dann in eine Phiole, die mit einer orangefarbenen Flüssigkeit gefüllt war.

„Er erreicht nicht den rosa Punkt“, erklärte er, und tatsächlich wurde die Flüssigkeit bläulich.

„Und was bedeutet das?“, fragte Madame Betti beunruhigt.

„Dass der Tod dieses Kindes nicht durch Ertrinken eingetreten ist.“

Die Geister tauschten Blicke aus, die einen Verdacht ausdrückten.

„Er hat uns also belogen! Ich wusste doch gleich, dass wir ihm hätten misstrauen müssen!“, sagte Adélaïde schnippisch.

„Ist er nicht vielleicht eher eine verlorene Seele?“, schlug Madame Betti halblaut vor.

„Nein“, entgegnete der Poemander. „Dann wäre er durchsichtig.“

„Ein Poltergeist?“

„Dann hätte er grüne Zähne.“

„Und wenn er ein Kobold wäre?“, fragte Gertrude.

Der Zauberer schüttelte den Kopf.

„Gottseidank“, sagte Bruder Lustick. „Die nerven, die Kobolde.“

„Sehen Sie sich doch das teuflische Instrument an, das er in seiner Tasche versteckt hatte“, rief Adélaïde und schwenkte Hugos Handy.

„Ach, das ist nichts“, gab der Zauberer zurück, „nur ein altes iPhone mit 16 Giga Memory, einem A9-Chip und einer 64-Bit-Architektur. Ein harmloses Spielzeug und für seine Zeit schon ziemlich unmodern.“

„Echt?“, sagte Achille und steckte sich wieder die Kopfhörer in die Ohren.

„Wie dem auch sei, dieses Kind ist ein untypisches Phantom“, fuhr der Poemander fort, während er sich einen metallenen Handschuh überstreifte.

Unter den beunruhigten Blicken der Geister hielt der Zauberer seine Hand über Hugos Krone. Er schloss die Augen, und der Handschuh begann, Funken zu sprühen.

Die Stimme des Poemander wurde zu einer gellenden Klage.

„Dieses Kind ist nicht dadurch gestorben, dass es erdrosselt … enthauptet … gehängt … aufgeschlitzt wurde.“

Die Geister wussten nicht recht, ob sie sich darüber freuen sollten, denn sie mussten befürchten, dass der Zauberer noch etwas Furchtbareres enthüllte. Ein Zombie steckte seinen Kopf aus dem Boden, um herauszufinden, was da vorging. Er zog an Bruder Lusticks Umhang, weil der ihm den Blick versperrte.

„Geh weg da, Fettarsch!“

Bruder Lusticks Antwort bestand darin, dass er den Zombie mit einem kräftigen Fußtritt wieder unter die Erde schickte.

***

Aza und Fanette liefen auf der Suche nach Hugo die Böschung am Rande des Sumpfs hinauf und hinunter. Die alte Frau war am Ende ihrer Kräfte. Sie ließ sich wieder und schluchzte: „Hugo, mein Junge … wo bist du?"

Der Hund drängte sich an sie und leckte ihre Tränen ab. Auf einmal aber streckte er seine Schnauze in die Luft und nahm Witterung auf. Mit wedelndem Schwanz sprang er auf und lief zum Uferschilf.

***

Der Poemander fuhr mit seiner makabren Aufzählung von Todesursachen fort.

„Dieses Kind ist nicht dadurch gestorben, dass es zerquetscht … gefressen … gebraten … oder zerstückelt worden ist …"

Dann traf ihn eine Entdeckung wie ein Blitzschlag.

„Dieses Kind … IST NICHT … IST NICHT …"

***

Durch Fanettes Gebell aufmerksam geworden, leuchtete Aza mit ihrer Taschenlampe in das Schilf. Eine halb in den Schlamm eingesunkene Gestalt wurde zwischen den Blättern sichtbar.

„HUGO!"

Die Brust des Jungen senkte sich, während er ruckartig ausatmete.

***

Der Schrei des Poemander drang bis in die finstersten Tiefen.

„DIESES KIND IST NICHT TOT!!!"

Aus dem Geisterklavier erklang ein dissonanter Akkord, der die Verblüffung der gesamten Geisterwelt unterstrich.

VIERZEHNTES KAPITEL

EIN THEATERCOUP

„Er ist gar nicht tot!“, wiederholte Adélaïde mit zitternder Stimme.

„Nicht tot!“, plapperte Gertrude ungläubig.

Die Geister versammelten sich um Hugo, der halb ohnmächtig in seinem Sessel lag. Über den Spitzen seiner Metallkrone kräuselten sich winzige Rauchwolken.

„Wie ungerecht!“, seufzte Achille und kniete zu den Füßen des Jungen nieder, wie es sonst die Lebenden vor einem Toten tun.

Für die Zombies war die Offenbarung mehr als die ungeahnte Wendung in einem Theaterstück. Sie war ein Keulenschlag! Mit dem Überleben des Jungen konnten sie nicht mehr damit rechnen, aus ihrer Lage befreit zu werden. Ihre Wut machte sich überall auf dem Friedhof als ein Beben der Erde bemerkbar, das die Blätter rascheln ließ.

„Der Junge ist ein Doppelgänger“, erklärte der Poemander.

„Ein was?“, rief Bruder Lustick.

„Ein Doppelgänger ist das Phantom eines Menschen, der noch lebt. Dieses Phänomen entsteht durch einen

Konflikt von Körper und Geist. Der Mensch zweiteilt sich dann. Der Geist sehnt sich nach Ruhe, doch der Leib klammert sich ans Leben."

„Eine zwischen zwei Ufern hin und her taumelnde Seele!", murmelte Madame Betti mitleidig, indem sie Hugo übers Haar strich.

„Und was passiert jetzt?", fragte Violette.

Der Poemander trat an den Rand der Klippe.

„Sehen Sie, dort am See. Die alte Frau hat seinen halbtoten Körper gefunden. Die Seele des Kindes ist bei uns, aber sein Fleisch lebt noch. Wenn der Körper überlebt, wird der Junge seinen menschlichen Lebenslauf wieder aufnehmen und sich an diese Nacht nur als einen flüchtigen Traum erinnern. Doch wenn er stirbt, wird er für immer ein Geist sein."

„Hugo darf nicht sterben!", erklärte Cornelius leidenschaftlich. „Die Zukunft des Guts hängt von seinem Schicksal ab. Wenn er überlebt, wird er verhindern, dass sein Onkel es erbt. Wenn er überlebt, wird er der Herr von Monliard sein. Wenn er überlebt, ist unser Friedhof gerettet." Er unterstrich jeden Satz, indem er mit dem Fuß aufstampfte, woraufhin ihm ein wütendes Fauchkonzert aus der Erde entgegenscholl.

„Aber ohne zu wissen, was sie da tut, schleppt die alte Frau Hugos Körper zu seinem Onkel, zu seinem Mörder!", überlegte Violette erschrocken.

„In der Tat", gab der Poemander ihr recht. „Sie glaubt, das Kind zu retten, während sie es geradezu dem Wolf zum Fraß vorwirft!"

„In welche schmutzigen Hände die arme Welt nur gefallen ist!", rief Madame Betti aus und ließ sich auf ein Sofa fallen.

Cornelius wandte sich zum Poemander.

„Sie, die Sie soviel Macht haben, Sie müssen uns helfen, dieses Kind zu retten!"

Der Zauberer sah ihn streng an.

„Haben Sie etwa vergessen, dass Geister sich *in keinem Fall* in die Angelegenheiten der Menschen mischen sollen?"

„Aber es sind unsere Angelegenheiten, *unsere* Interessen, die in Gefahr sind!", hielt Cornelius dagegen. „Wenn der Junge stirbt, dann wird *unser* Friedhof zerstört, mitsamt *unseren* Gebeinen!"

„Juristisch betrachtet haben Sie recht", gab der Zauberer etwas unwillig zu.

„Cornelius hat recht!", trumpfte Madame Betti auf. „Sie haben die Pflicht, Hugo zu retten!"

Der Poemander quittierte das mit einem eisigen Blick.

„Nun, sehen wir erst einmal, was sich im Haus des Jungen abspielt."

Mit einem Wimpernschlag wurden seine Augen zu zwei riesigen schwarz leuchtenden Kugeln. Einen Moment lang schwieg er, dann berichtete er murmelnd, was er sah.

„Ich sehe … versammelt vor dem Gebäude … Ich sehe Männer in Uniformen … Die Leichen der Eltern werden in Fahrzeugen mit hellen Scheinwerfern fortgebracht … Ich sehe … den Bürgermeister und den Polizisten, die gerade aus ihren Wagen steigen. Schlechte Schauspieler; sie tun so, als entdeckten sie gerade die Tragödie, die sie doch selbst mit angestiftet haben … Ich sehe jetzt im Wohnzimmer den Onkel, wie er Trauer heuchelt … Er benimmt sich jetzt schon als der Herr des Hauses. Die Nachricht ist im ganzen Dorf umgegangen. Jetzt wird der Marquis begrüßt, der in Begleitung seiner Mutter gekommen ist. Es wird geflüstert. Der ‚Kleine' sei verschwunden, und man könne darauf wetten, dass er nicht wieder lebendig auftauchen werde … Der Marquis behauptet, das sei auch das Beste für ihn, da es doch so schrecklich für ein Kind wäre, die Ermordung seiner Eltern zu überleben …

Aber … warten Sie! Jetzt kehrt gerade die alte Frau vom Sumpf zurück, in ihren Armen eine schreckliche Nachricht: Der Junge lebt! Der Onkel und seine Komplizen erblassen, als sie dieses Bild durch das Fenster erblicken … Die vier Männer eilen hinter das Haus, um das Kind vor den Blicken der anderen Menschen geschützt in Empfang zu nehmen …"

***

„Er lebt! Er lebt!“, schrie Aza, als sie Oscar erblickte. Der zog sie in einen Werkzeugschuppen, in den sich die ganze Gruppe quetschte und dann die Tür vor Fanettes Blicken zuschlug. Aza fand gerade noch Zeit, Hugo in die Arme seines Onkels zu legen, bevor ihr Gringoire mit einem kräftigen Schlag mit einem Spaten den Schädel zertrümmerte.

Sie sank sofort tot zu Boden.

„Versteckt das im Schrank“, sagte der Marquis angeekelt. „Wir werden das später entsorgen.“

„Ist es nicht etwas riskant, eine Leiche hier liegen zu lassen?“, brummelte Bouffarel.

„Wovor haben Sie denn Angst?“, entgegnete ihm der Marquis trocken. „Wissen Sie denn nicht, dass die Menschen in diesem Hause fest zu unserer Sache stehen?“

Oscar spürte, wie sich Hugo an seiner Brust regte.

„Er bewegt sich! Was sollen wir mit ihm machen?“

Balibari fühlte den Puls des Jungen.

„Er macht nicht mehr lange. Lassen wir die Natur ihr Werk vollenden …“

„Der Herr Marquis hat recht“, unterstützte ihn Bouffarel, der keine Lust hatte, bei der Ermordung eines Kindes mitzuwirken. „Lassen wir den Kleinen friedlich in einem Winkel sterben. Wir sind schließlich keine Wilden! Dann werfen wir ihn in den See, und wir haben einen überzeugenden Ertrunkenen.“

„Kluge Worte!“, sagte der Marquis. „Und bis dahin verstecken wir das Kind im Keller!“

Oscar eilte mit Hugo die Kellertreppe hinunter und setzte ihn in einem winzigen Raum ab, den er doppelt abschloss. Dann kehrte er schnell ins Wohnzimmer zurück, wo alle schon wieder ihre Rolle eingenommen hatten.

***

Hugos Geist bewegte sich in seinem Sessel.

„Mir ist kalt!“, klagte er.

Madame Betti breitete ein Leintuch über ihm aus, damit er aufhörte zu zittern.

„Beeilen wir uns!“, bat sie. „Der Kleine ist kurz davor zu sterben.“

Cornelius lief hin und her und strich sich über seinen kleinen Spitzbart, der ihm das Aussehen eines Fauns gab.

„Wir müssen uns des Körpers von Hugo so schnell wie möglich bemächtigen und ihn herbringen, damit der Poemander ihn wieder ganz zum Leben erweckt.“

„Aber wie denn?“, fragte ihn Violette. „Wir haben doch keinerlei Gewalt über die Materie. Wie sollen wir da seinen Körper entführen?“

„Mit Hilfe des *Mortu Mutabor*!“, sagte Cornelius lächelnd.

„Wessen?“, fragte Bruder Lustick laut.

„Des MORTU MUTABOR! Hast du noch nie von diesem Zauber gehört?“

„Woher denn, Monsieur Allwissend! Und wozu dient dieses … Dingsbums?“

„Dazu, wieder lebendig zu werden!“, antwortete Cornelius, als sei dies die einfachste Sache der Welt.

Mit spöttisch funkelnden Augen trat er näher an seine Gefährten heran, die verblüfft schwiegen.

„Was haltet ihr von einem kleinen Ausflug ins Reich der Lebenden?“

FÜNFZEHNTES KAPITEL

DIE ABSTIMMUNG

Violette wandte sich zum Poemander. „Wieder lebendig werden – gibt es das?"

Der Poemander fixierte die junge Frau mit seinem Automatenblick:

„Wenn die Muse der Vorzeit, stolz und so hold
Vom Olymp, wo ihr Geist ruht, herniederschwebt
Und dann im Palaste der Könige lebt,
Dann singt sie ihre Lieder zur Leier aus Gold."

Bruder Lustick runzelte die Stirn. „Ich verstehe nur Bahnhof!"

Achille drehte vor Erregung das Ende seines Schnurrbarts zwischen seinen Fingern. „Monsieur, dies ist nicht der Augenblick, in Reimen zu sprechen; denn was wir verhindern müssen, ist ein Verbrechen!"

„Sie machen doch selbst welche!"

„Was?"

„Reime!"

„Ich wollte nur eines entschieden zum Ausdruck bringen: Poesie gehört im Notfall nicht zu den wichtigen Dingen!"

„Was denken Sie sich eigentlich dabei, bei dieser scheußlichen Reimerei!“, schrie ihn Cornelius an.

„Ach nein, jetzt reimen Sie auch!“, bemerkte der Zauberer.

„Genug!!“, schäumte Achille. „Also: wieder lebendig werden. Wo? Wann? Wie?“

Das *Mortu Mutabor* ist ein Zauber, der Toten erlaubt, für genau 58 Minuten und 23 Sekunden ins Leben zurückzukehren“, erklärte der Poemander.

Die Geister waren verblüfft.

„Das hätten sie doch auf eine Stunde aufrunden können“, murmelte Bruder Lustick.

„Für alle Fälle muss ich Sie darauf aufmerksam machen, dass es sich hierbei um eine gefährliche Magie handelt. Diese Verwandlung kann tatsächlich schreckliche Katastrophen zur Folge haben! Trotzdem haben Geister das Recht, darauf zurückzugreifen, wenn ihre Gebeine in Gefahr sind.“

„Dann erwecken Sie uns unverzüglich zum Leben!“, forderte Cornelius. „Wir müssen in Hugos Haus gelangen und seinen Körper bergen, bevor er stirbt!“

„Mein lieber Herr Cornelius“, bemerkte der Poemander in ironischem Ton, „das *Mortu Mutabor* erreicht man nicht durch ein Fingerschnippen. Es ist eine wichtige Entscheidung, die von den Bewohnern des Friedhofs einstimmig beschlossen werden muss!“

„In Ordnung“, gab Cornelius zurück und wandte sich an seine Freunde. „Es hat doch keiner etwas gegen dieses Abenteuer, oder?“

Um ihre Zustimmung zu zeigen, hoben alle Geister die Hand, außer Bruder Lustick und Gertrude.

„Was ist, Bruder Lustick, stimmst du nicht zu?“

„Ich?“ Der Angesprochene tat so, als sei er überrascht. „Ach so, aber es dürfen doch bloß Tote mit abstimmen. Ich bin ja nur der Friedhofswärter!“

„O nein! Er fängt schon wieder an!“, schimpfte Achille und öffnete die Schublade eines Schreibtischs. „Diesmal werde ich ihm seine Sterbeurkunde unter die Nase halten.“

„Nein, nein, nein!“, jammerte Bruder Lustick.

„Aber wovor hast du denn Angst?“, fragte ihn Cornelius genervt. „Du bist schon jahrhundertelang tot und begraben! Sieh doch da unten. Auf diesem Grabstein ist dein Name eingemeißelt!“

„Das ist einfach nur eine Namensverwechslung“, versuchte der Geist sich herauszureden, „‚Bruder Lustick‘ ist ein sehr häufiger Name!“

Achille entfaltete die Urkunde, um laut daraus vorzulesen: „Pater Benezet Trophime, genannt Bruder Lustick, verschieden am Ersten Aprilis 1503 im Alter von einundvierzig Jahren! Todesursache: Tod durch Ertrinken in einem Weißweinfass.“

Madame Betti lachte laut auf, während Bruder Lustick auf die Knie fiel und die Arme zum Himmel reckte: „Gnade, Herr, ich bekenne, ich habe getrunken! Ich habe mein ganzes Leben gesoffen wie ein Loch! Gnade, Herr, ich habe gesündigt! Aber Gnade! Lass mich nicht in der Hölle schmoren!“

Cornelius seufzte nur müde: „Hast du eigentlich immer noch nicht kapiert, dass diese Geschichten von Hölle und Paradies nur Schauergeschichten waren, um euch brav zu halten?“

„Sie … Sie glauben etwa nicht, dass es Gott gibt?“, flüsterte Bruder Lustick ganz leise, damit kein himmlisches Ohr ihn hören konnte.

Madame Betti warf lächelnd ein: „Das Jenseits ist nicht die Erklärung aller Mysterien! Und man möchte bitte nicht vom Tod erwarten, dass er auf alles eine Antwort weiß.“

„An Gott zu glauben, ist nichts als einer der Zwänge, denen die Menschen ausgesetzt sind, wie schlafen, sich nähren und sich entleeren zu müssen“, fuhr Cornelius fort. „Der Tod befreit von aller Unruhe, vom Zweifel und von der Langeweile. Wenn erst einmal diese Qualen beseitigt sind, spielt die Gottesfrage eigentlich kaum noch eine Rolle.“

„Sie weckt aber doch noch eine gewisse Neugier“, fand Achille.

Madame Betti nahm Bruder Lustick in den Arm. „Also, mein Freund, man muss den Tod genießen wie das Leben!"

Der ehemalige Geistliche kniff kurz die Augen zusammen. „Zu lange habe ich nicht nachgedacht", sagte er in der Pose eines Philosophen.

„Du siehst ja, dass du nichts zu fürchten hast", ermutigte ihn Violette lächelnd.

„Wie recht du doch hast, meine Schöne", rief Bruder Lustick und richtete das erste Mal seit 1503 seinen Oberkörper auf. „Dieser ganze Aberglaube hat mir das Leben vergällt, er wird mir nicht weiter den Tod vergällen." Und er begann herumzutänzeln, als wollte er mit den Füßen dem Himmel eine Nase drehen. „Ich bin tot, verfault, vertrocknet, von Würmern zerfressen, aber das ist mir egal, tralalalala!"

Dann ballte er die Faust und rief: „Vorwärts, alle zum *Mortu Mutabor*!" Seine Kameraden antworteten mit Freudenschreien.

„Er hat seine Stimme abgegeben", verkündete der Poemander feierlich.

Cornelius wandte sich Gertrude zu. „Es fehlt nur noch deine Stimme, mein Liebes. Heb deine Hand, und Hugo ist gerettet!"

Aber das Mädchen hielt die Arme gekreuzt und strafte die Versammlung mit Verachtung.

„Mein Liebes, was ist denn mit dir?“, fragte Violette beunruhigt.

Gertrude biss sich auf die Lippen. Dann schrie sie zornig: „Ich will nicht, dass ihr Hugo rettet! Ich will, dass die Menschen ihn richtig totmachen und dass er dann für immer bei mir bleibt!“

Niemand hätte gedacht, dass ein so liebes Mädchen einen solchen Wutausbruch haben könnte.

In einem Akt der Verzweiflung ergriff Achille ihren Arm, um sie zum Erheben der Hand zu zwingen.

„So nicht, mein Fräulein, das ist sehr gemein, was du da veranstaltest. Du wirst jetzt abstimmen wie alle anderen!“

Der Poemander ging dazwischen: „Ts, ts, ts! Niemand darf die Wahl eines Abstimmungsberechtigten durch Zwang, Drohungen oder Bestechung beeinflussen. Anderenfalls wird die Abstimmung annulliert!“

Trotz seiner Erschöpfung versuchte Hugo, den Geschehnissen zu folgen. Er nahm alle Kraft zusammen und richtete sich auf seinem Sessel auf. „Du musst deine Stimme abgeben, Gertrude“, sagte er mit gedämpfter Stimme. „Wenn ich sterbe, werden die Menschen alles zerstören …“

Das Mädchen unterdrückte einen Seufzer. „Aber wenn du wieder lebendig bist, können wir nicht mehr zusammen sein!“

Hugo suchte aufgeregt nach Worten. „Wenn ich wieder lebendig bin, werde ich jeden Tag zu deinem Grab kommen …"

Die Wut überschattete wieder das Gesicht des Mädchens. „Ist mir doch egal, ob du an mein Grab kommst! Ich möchte, dass du bei mir bleibst. Damit wir Lachen, Leben und Essen spielen können! Denn alle hier lügen dich an, merkst du das nicht? Der Tod ist langweilig! Er ist lang, und er ist traurig. Totsein ist schrecklich!"

Cornelius beendete ihre Tirade mit einem Klaps in ihr Gesicht.

„HALT DEN MUND!"

Obwohl die Ohrfeige eines Phantoms keinerlei Schmerz bereitet, bedeutet sie jedoch immer noch eine Erniedrigung. Gertrude rieb sich die Backe und sah Cornelius mit einem eisigen Blick an. „Es war richtig, dass Violette dich umgebracht hat. Ich hätte es an ihrer Stelle genauso gemacht!" Und damit lief sie weg.

Cornelius senkte die Augen vor den missbilligenden Blicken seiner Gefährten. „Ich … es tut mir leid", stammelte er, und die Ohrfeige, die er gegeben hatte, schmerzte ihn mehr, als wenn er sie selbst eingesteckt hätte.

„Ohne ihre Stimme kein *Mortu Mutabor*", erklärte der Poemander trocken und ordnete seine Instrumente in seine Tasche ein. „Ich muss Sie jetzt verlassen. Es muss

Ihnen nicht leidtun. Zu dieser Stunde haben die Menschen das Kind wahrscheinlich bereits erledigt."

Und damit weckte der düstere Magier wieder ein wenig Hoffnung im Herzen der Zombies.

***

Gertrude brach in der finstersten Ecke des Friedhofs in ein Schluchzen aus. Zu ihren Füßen tat sich mit einem Knacken der Boden auf, und ein Zombie steckte seinen Kopf heraus.

„Und ausgerechnet wir gelten als die Bösen in der Weltgeschichte!", seufzte das Geschöpf.

„Haut ab! Ich darf nicht mit euch reden", schimpfte Gertrude.

Ein zweiter Schädel tauchte auf. „Sag uns, warum du so traurig bist", fragte er mit honigsüßer Stimme.

Gertrude verbarg ihre Scham und ihre Schluchzer hinter ihren Händen. „Ich will nicht, dass Hugo gerettet wird. Ich will, dass er für immer hier bleibt!"

Die zwei Zombies ließen einen scheinbar sanften Seufzer vernehmen. Dann sagten sie: „Dafür hättest du deine Stimme für das *Mortu Mutabor* abgeben sollen!"

Gertrude hob den Kopf. „Warum denn das?"

Ein dritter Zombie streckte seine fleischlose Hand aus, um die bloße Wade des Mädchens zu streicheln. „Überleg doch mal! Wenn du wieder lebendig würdest, könntest du in Hugos Haus gehen und ihn selbst ein für allemal töten."

Der Erdboden öffnete sich bebend und legte den Blick auf einen Untergrund voller Gesichter mit rotglühenden Augen frei.

„Werde wieder lebendig und töte ihn!", zischten die Zombies im Chor. „Dann wird Hugo zu einem Geist unter Geistern, und du kannst ihn für immer bei dir behalten!"

„Aber wenn ich das mache", fragte Gertrude leise, „werden sie mich dann nicht ausschimpfen?"

„Wie sollen sie das denn merken", fragte süffisant ein Zombie mit schwarzen Zähnen. „Auf uns kannst du dich jedenfalls verlassen. Wir werden schweigen wie ein Grab!"

Gertrude stand auf, band das Seidenband wieder fest, das ihren Rock zusammenhielt, und ging nachdenklich quer über den Friedhof.

„Ich möchte mich bei euch entschuldigen …"

Die Geister drehten sich zu ihr um.

„Ja, es tut mir leid! Ich war egoistisch und gemein."

Dann hob sie ihre Hand.

„Aus Liebe zu Hugo … schließe ich mich euch an!"

Der Poemander stellte seine Tasche wieder auf den Boden.

„Mit dieser Stimme ist das *Mortu Mutabor* einstimmig angenommen!", verkündete er feierlich.

Cornelius ergriff Gertrude an der Taille und wirbelte sie herum. „Tut mir leid wegen der Ohrfeige. Ich schäme mich richtig dafür!“

„Schon verziehen“, sagte sie lächelnd und schmiegte sich an seinen Hals.

Der Poemander rieb seine Hände, um sie mit Energie aufzuladen.

„Stellen Sie sich jetzt bitte im Kreis auf und halten sich an den Händen. Ich werde Sie wieder zum Leben erwecken.“

Hugo vermochte diese Worte kaum noch zu hören, denn infolge seiner Schwäche verlor er erneut das Bewusstsein. Er schloss die Augen und wusste nicht, ob er tot oder lebendig wieder aufwachen würde.

DRITTER AKT

SECHZEHNTES KAPITEL

LEBENDIG!

Am Himmel erschien ein Leuchten. Der Sternenstaub drehte sich um sich selbst und formte eine Spirale mit wachsender Energie, die dann als Funkenregen über den Geistern niederging.

„Jeder Pakt, jedweder Vertrag und das geringste Versprechen gegenüber einem Sterblichen ist streng verboten!", erklärte der Poemander mit zum Himmel gestreckten Armen. „Aber noch wichtiger ist", fuhr er mit erhobener Stimme fort: „NIEMALS dürfen Sie eine Flüssigkeit über einen Sterblichen verschütten; das würde zu einer Katastrophe führen."

Die Geister, die jetzt wieder die waren, die sie zu ihren Lebzeiten gewesen waren, betrachteten einander mit leuchtenden Augen. Ihr Haar glänzte seiden, und ihr Schmuck glitzerte. Ihre vom Staub befreiten Kleider strahlten in Blau, Ocker und Safrangelb. Sie waren jetzt wieder gewöhnliche Sterbliche, Tiere aus Fleisch und Blut, und sie umarmten sich wie Rückkehrer aus einem langen Exil.

„Ich fühle mich wie neugeboren!", sagte Madame Betti mit vor Aufregung geröteten Wangen.

„Ich habe Zahnschmerzen!“, stellte Achille begeistert fest.

„Meine Beine sind eingeschlafen!“, lachte Adélaïde.

Bruder Lustick hob seine Faust zum Siegeszeichen: „Und ich … mich juckt mein Arsch!“

***

Die Gesellschaft lief den Hügel hinab, taumelnd unter dem ganzen Gewicht ihrer Freude. Gertrude und Bruder Lustick sprangen wie ein Elfenreigen um Madame Betti, die jedes Mal, wenn sie den Sauerstoff der Luft einatmete, einen Lachkrampf bekam. Nachdem Cornelius es vorgemacht hatte, legten sie sich der Länge nach ins Gras und kullerten den Hang hinab. Als sie am Fuß des Hügels anlangten, waren ihre Haare zerzaust und ihre Kleider mit Butter- und Mohnblumen besetzt. Adélaïde strich sich das Gras und die Kräuter vom Kleid und lief mit der Nase im Wind weiter hinaus; sie konnte nicht genug bekommen vom Duft dieses Augustmorgens. Freudetrunken lief Achille hinter ihr her. „Wie schön es ist, Sie so lebendig, so freudig zu sehen, Mama!“

„Ja, mein Kind, welch eine Freude, all das Glück zu erleben, dessen deine Geburt mich beraubt hat!“

Achille blieb auf der Stelle stehen. Diese Worte hätten ihn umgebracht, wenn die Macht des *Mortu Mutabor* ihn nicht erbarmungslos am Leben gehalten hätte.

Adélaïde reckte ihr Arme zum Himmel. „Die Luft! Der Wind! Die Sonne! Natur, erfülle mich mit deinen Wundern!“

Als himmlische Antwort klatschte Vogeldreck in ihr Gesicht. Ohne ihre Würde zu verlieren, wischte sie mit der Rückseite ihres Ärmels ihre Lippen ab und lief freudigen Schritts auf einen Baum zu – und prallte mit ihrem Gesicht dagegen.

Vor Schreck fiel sie um.

„Mutter!“, schrie Achille und eilte ihr zu Hilfe. „Wir können jetzt nicht mehr durch Materie hindurchgehen!“

„Das … das hatte ich vergessen“, jammerte sie und spuckte einen Zahn aus.

Violette lief hinaus in ein Kornfeld, und Cornelius eilte hinter ihr her.

„Warte, wir müssen miteinander reden!“

„Wozu?“, rief sie und ließ sich mit weit geöffneten Armen von den Ähren liebkosen.

„Verzeih mir!“, bettelte er. „Es ist alles meine Schuld; aber hast du nicht ein wenig Mitleid mit dem Idioten, der ich war?“

Violette wandte sich um. Das tiefe Schwarz ihrer Augen kontrastierte wunderbar mit dem Gold des Korns. Ihr heftiges Atmen ließ die Adern an ihrem Hals hervortreten. Cornelius erstarrte vor der Schönheit des Bildes, das sich ihm darbot. Noch nie war ihm Violette so schön vorgekommen.

„Es ist doch schon so lange her!“, begann er wieder. „Ich habe mich doch wirklich sehr geändert seitdem, nicht wahr?“

„Es ist wahr. Zu sterben war das Beste für dich“, gab sie ohne alle Ironie zu.

„Ich war so dumm, so dämlich lebendig!“

„Wir haben beide Schlimmes getan“, erwiderte Violette, „und ich mache mir heftige Vorwürfe, dass ich dir die Kehle durchgeschnitten habe.“

„Lass gut sein! Wir können uns doch nicht bis in alle Ewigkeit wegen solcher Lappalien böse miteinander sein!“, rief Cornelius aus und ergriff ihre Hand.

„Wir haben eine so schöne Liebe verdorben“, sagte sie mit gesenktem Blick.

„Das war meine Schuld, Violette! Einzig und allein meine Schuld! Aber wir waren doch nur Sterbliche! Wir wissen doch sehr gut, dass wahre Liebe unmöglich ist, solange wir leben.“

„Du irrst dich!“, sagte Violette leise. „Als ich noch lebte, habe ich dich so geliebt wie heute. Und ich bezweifle, dass selbst die Toteste der Toten ein solches Glück erleben kann, wie ich es damals empfunden habe.“

Während sie so sprach, holte sie aus ihrer Tasche eine Handvoll Samenkörner. „Bevor dein Sarg geschlossen wurde, habe ich diese Samen, die dir so am Herzen lagen, über deine sterbliche Hülle gestreut …"

Cornelius hatte sein Leben ihrem Studium gewidmet und kannte die Farbe und die Form eines jeden Korns.

„*Albuca spiralis! Bisamapfel! Schmetterlingsalraune!* Und die Perle meiner Sammlung, *Sipo Matador!*"

„Dein Grab ist ein regelrechtes Saatgutlager, mein Schatz …"

„Großartig!", sagte Cornelius bewegt. „Warum hast du das gemacht?"

Violette betrachtete die Körner in ihrer Hand. „Ich habe diese Handvoll behalten und mit mir genommen, als ich ins Leere gesprungen bin, in der Hoffnung, wir könnten im Namen dieser Blume dereinst wieder das Leben erlangen."

Zum ersten Mal seit Jahrhunderten rann wieder eine Träne Cornelius' Wangen hinab. Er kniete nieder und zog mit der Hand eine Linie in den Erdboden. Dann nahm er Violettes Hand und leerte sie in diese Furche.

„Dein Wunsch ist erhört worden", rief er und streute eine Prise Erde auf die Samenkörner. „Schau, wir werden wiedergeboren!"

Er führte Violettes Hand an seine Lippen. „Hör zu! Wie haben weniger als eine Stunde zu leben und haben so viele Herausforderungen zu bestehen. Wir müssen einander verzeihen, ein Kind retten und die Welt verändern … aber zuvor müssen wir etwas tun, was alledem einen Sinn gibt!“

Die beiden Liebenden küssten sich mit geschlossenen Augen und geröteten Wangen, dann legten sie sich mit einer sanften Bewegung ins Kornfeld.

***

Adélaïde hatte sich bei ihrem Sohn untergehakt und stolperte die Böschung über dem Sumpf entlang. Ihre Nase hatte ihr Volumen verdoppelt, und mitten auf ihrer Stirn prangte wie das Stirnzeichen einer Hindugöttin eine blau angelaufene Beule.

„Wozu setzen wir uns eigentlich dieser Mühsal aus?“, seufzte sie, während sie wie eine Betrunkene hin und her schwankte. „Waren wir nicht glücklicher, als wir uns sicher unter der Erde befanden?“

Sie stolperte über eine Wurzel, und mit einem Knacken brach ihr Knöchel.

„Aauuu!“

Achille fasste sie am Arm. „MAMA!“

Sie wankte zu einem Stein, um sich zu setzen, doch der Stein rollte unter ihrem Gewicht weg, so dass sie mit dem Kopf zuerst in eine Ansammlung von Pflanzen fiel.

„MAMA!“

Unter den Blättern vergraben heulte Adélaïde auf.

„ICH BRENNE! ICH BRENNE!“

Achille versuchte, sie aufzuheben, doch als er die Pflanzen berührte, hatte er das Gefühl, mit den Fingern in Rasierklingen zu fassen.

„BRENNNESSELN!!!“

Reflexhaft stieß er Adélaïde zurück. Die zog es vor, in den See zu springen statt in die Brennnesseln zurückzufallen. Das Wasser war hier leider allerdings nur zehn Zentimeter tief, und sie stürzte mit dem Kopf voran in den steinigen Uferschlamm.

Es folgte eine vom Gesang einer Drossel kaum beeinträchtigte Stille.

„Geht's?“, traute sich Achille nach einer Weile zu fragen.

Adélaïde tauchte aus dem Wasser auf, das Gesicht durch den Aufprall verzerrt, in einem Gewirr von Kleiderstoff, Algen und Schlamm.

„Haben Sie sich wehgetan, Mama?“

„Ja, sicher! Es ist furchtbar! Es sticht! Es ist eisig! Es brennt!“

„Es ist das Leben“, erwiderte ihr Sohn fatalistisch, aber auch ein klein wenig zufrieden.

***

Auf der Uferböschung trafen Violette und Cornelius wieder auf ihre Gefährten. Adélaïde lehnte sich gegen einen Baum, schwer atmend und in tropfnassen Kleidern.

„Was ist Ihnen zugestoßen, meine Liebe?“, fragte Violette besorgt.

„Meine Mutter hat mehrere unangenehme Ereignisse hinnehmen müssen“, antwortete Achille betrübt.

Madame Betti half der Unglücklichen auf. „So, fühlen Sie sich nun etwas wohler?“

„Ich möchte wieder sterben!“, war Adélaïdes einziger Kommentar.

Cornelius’ Blick blieb plötzlich an Pilzen hängen, die am Fuß eines Baums wuchsen. „Sehen Sie, Achille, dieselben wie auf dem Friedhof.“

„Ach ja, Morcheln!“ sagte der alte Mann in einem Ton, der uninteressiert klingen sollte.

„Giftlorcheln!“, verbesserte ihn Cornelius.

Madame Betti unterbrach sie energisch: „Haben wir etwa nichts Dringenderes zu tun, als über Pilze zu streiten? Zum Beispiel, einen kleinen Jungen zu retten?“

Doch die Gelegenheit zu einer Revanche war zu gut. Cornelius wandte sich mit spöttischer Miene zu Achille um. „Sagten Sie nicht, dass Sie diese Pilze essen würden, wenn Sie lebendig wären, um mir meine Unwissenheit zu beweisen?“

„Ich stelle fest, dass Sie die Eitelkeit eines Pfaus mit dem Starrsinn eines Esels verbinden. Aber wenn es Ihnen so wichtig ist, weiter den Pausenclown zu machen, werde ich ohne zu zögern vor Ihnen die Pilze schlucken.“

„Die Zeit drängt, meine Herren!" Madame Betti schwenkte ungeduldig ihre Taschenuhr. „In zweiundvierzig Minuten sind wir wieder tot!"

Achille schnupperte an den Pilzen, die er gerade gepflückt hatte.

„Die Unwissenheit unseres Herrn Cornelius zu beweisen, wird es nicht lange brauchen!"

„Versuche nicht das Schicksal, mein Sohn!", versuchte ihn Adélaïde zurückzuhalten, während sie sich eine Alge vom Ohr zupfte. „Wir haben heute schon genug einstecken müssen!"

„Hören Sie auf Ihre Mutter und werfen Sie dieses Gift fort!", sagte Cornelius gebieterisch. „Ein Bissen würde Sie direkt auf den Friedhof zurückschicken."

„Wär doch doof, dein *Mortu Mutabor* einfach so wegzugeben", bemerkte Bruder Lustick.

Der Aristokrat betrachtete etwas unsicher die Pilze in seiner Hand, dann warf er den Kopf zurück und sah Cornelius herausfordernd an.

„ODI PROFANUM VULGUS!"[1], rief er pathetisch und aß dann die Pilze alle auf einmal auf. Madame Betti sagte erschrocken „Oh", und alle hielten den Atem an. Achille ballte die Fäuste und fürchtete, sein Bauch könnte explodieren, so dass ihm seine Eingeweide um die Ohren flögen. Doch dann erhellte ein Ausdruck der Erleichterung sein Gesicht.

---

[1] Ich hasse das gemeine Volk

„Mmh, lecker!“, rief er und brach in ein Gelächter aus. „Seht ihr, es passiert nichts. Oder eher doch! Es passiert, dass ich immer noch lebendig bin!“

„Schön!“, brummte Cornelius.

„Sehr schön“, nahm Achille Cornelius’ Bemerkung auf und schlug sich dabei stolz auf den Bauch. „Ist das Ihre wissenschaftliche Feststellung?“

„Schön! Und können wir jetzt weiter?“, rief Bruder Lustick. „Diese Hitze macht einen fertig, und ich würde gern ein Gläschen trinken, um mich zu erfrischen!“

„Aber denk an die Ermahnungen des Poemander“, erinnerte ihn Madame Betti. „NIEMALS Flüssigkeit auf einen Lebenden schütten!“

„Wenn wir keine schrrräcklichen Katastrophen verursachen wollen!“, machte Bruder Lustick die Stimme des Poemander nach – was aber niemand außer ihm lustig fand.

„Was soll denn eigentlich passieren, wenn wir einen Sterblichen nass machen?“, fragte Gertrude.

„Keine Ahnung, und ich möchte es auch gar nicht wissen“, antwortete ihr Cornelius.

„Vorwärts, ihr lahmer Haufen!“, rief Madame Betti. „Wir haben ein Kind zu retten!“

Und entschiedenen Schritts gingen die sieben Abenteurer die letzten Meter des Wegs hinab, der zum Gutshaus führte.

SIEBZEHNTES KAPITEL

WIE EINE FEDER

Die Geistertruppe befand sich jetzt zwischen den auf dem Hof geparkten Polizeifahrzeugen.

„Wieviel Zeit bleibt uns noch?“, flüsterte Cornelius.

Madame Betti schaute auf ihre Uhr. „Noch neunundzwanzig Minuten!“

„Das lässt uns nur wenig Zeit, um Hugos Körper aus dem Keller zu befreien und zum Poemander zurückzubringen.“

„Glauben Sie, dass er noch lebt?“, fragte Gertrude in der heimlichen Hoffnung, ein natürlicher Tod würde es ihr ersparen, Hugo selbst umbringen zu müssen.

„Du musst nur ganz fest an deine Träume glauben, dann werden sie wahr!“, entgegnete ihr Madame Betti lächelnd.

„Seien Sie vorsichtig!“, ermahnte Cornelius die anderen leise. „Wenn die Lebenden Fragen stellen, sagen wir, wir seien Freunde von Hugos Eltern.“

„Aber wir kennen ja noch nicht einmal ihre Namen!“, meinte Bruder Lustick beunruhigt.

„Egal, wir sagen einfach, wir seien Freunde der Toten.“

„Und wenn die sich über unsere Kleider wundern?“

„Macht nichts. Wenn die sich ausgewundert haben, sind wir schon über alle Berge."

„GUTEN TAG! WIR SIND FREUNDE DER TOTEN", übte Bruder Lustick schon einmal laut.

„Und pass vor allem darauf auf, dass du niemanden nass machst!", erinnerte ihn Madame Betti.

„Hältst du mich eigentlich für einen Trottel, oder was?", fuhr sie Bruder Lustick an.

Vor der Eingangstür holte Cornelius tief Luft. „Psst! Wir sind da." Und er drückte auf den Klingelknopf.

Ein total albernes Kichern in seinem Rücken zwang ihn dazu, sich umzudrehen …

„Achille!"

Sabbernd, mit aufgequollenen Lippen und lauter Pickeln im Gesicht schaute ihn der Pilzliebhaber mit einem völlig schwachsinnigen Grinsen an.

„Hihihi! Hehehhe! Hoho!"

„Die Giftlorcheln!" rief Cornelius aus. „Dieser Schwachkopf hat sich vergiftet!"

„Er ist so ungeschickt, der Kleine", seufzte Adélaïde.

„Aber was von wo wer wollen wir?", nuschelte Achille mit weit aufgerissenen Augen.

Ein Polizist öffnete die Tür. Kalt davon erwischt, setzte Cornelius eine Grinsemiene auf, die ein Lächeln darstellen sollte. „Ah, guten Tag mein Freund! Wir sind Tote … äh … FREUNDE der Toten."

Man hörte, wie Bruder Lustick dümmlich losprustete.

Der Polizist nahm Haltung an, und die Geister traten beklommen in den riesigen Wohnraum. Alle Gespräche verstummten bei ihrem Eintreten. Die versammelten Menschen betrachteten die Besucher, die völlig aus der Zeit gefallen zu sein schienen. Eine Barriere am Fuß der Treppe versperrte den Zugang zu Hélènes und Romains Schlafzimmer. Die Leichen der beiden waren eine Stunde zuvor abtransportiert worden. Die Möbel waren in den Hintergrund geschoben worden, um die Arbeit der Ermittler zu erleichtern, die sowohl im ersten Stock als auch im Erdgeschoss damit beschäftigt waren, Indizien zu sammeln. In einer Ecke des Wohnraums unterhielten Gringoire und Bouffarel sich mit dem Marquis, der als Nachbar und „Freund der Familie" herbeigeeilt war.

Oscar ging mit misstrauischer Miene auf Bruder Lustick zu.

„Darf ich fragen, wer Sie sind?"

„GUTEN TAG! WIR SIND FREUNDE DER TOTEN", antwortete Bruder Lustick und betonte jede Silbe einzeln. Darauf wandte er sich ab und trat aus Versehen einem Feuerwehrmann auf den Fuß, der vor Schreck beinahe die Kaffeetasse fallen ließ.

„Hoppla! Ich habe Sie aber nicht nass gemacht, Herr Soldat?", rief er.

„Äh … nein", sagte der Mann verwirrt.

„Wirklich? Kein Tropfen verschüttet?“, versuchte sich der Geistliche zu versichern und schnupperte an der Uniform seines Gegenübers.

„Nein, alles in Ordnung“, erwiderte der Feuerwehrmann gereizt.

Bruder Lustick nahm die Tasse und stürzte ihren Inhalt hinunter. Dann drückte er sie dem Mann geistesabwesend wieder in die Hand. Um den Vorfall vergessen zu machen, ging er schnellen Schrittes weiter, blieb dann aber vor einem Weinregal wie angewurzelt stehen.

„Mein Gott!“

Es war nun schon Jahrhunderte her, dass ein Gläschen ihn zuletzt erfrischt hatte. Sofort wurde ihm der Mund wässrig, und die Spucke lief ihm aus den Mundwinkeln. Angesichts der Tatsache, dass er nur noch weniger als eine halbe Stunde zu leben hatte, wollte er diese einmalige Gelegenheit nicht versäumen, etwas zu trinken, ohne dabei Gewissensbisse wegen seiner Gesundheit haben zu müssen. Der alte Säufer öffnete die Schranktüren mit einer Bewegtheit, als seien sie die Tore zum Paradies. Schnell hatte er eine Flasche geöffnet und leerte sie auf der Stelle bis zum letzten Tropfen.

Wie zwei nicht mehr ganz zurechnungsfähige Landstreicher irrten Adélaïde und Achille zwischen den Lebenden umher. „Hihihihohoho!“, kicherte Achille in einem fort.

„Hör auf, die Aufmerksamkeit aller Leute auf uns zu

ziehen!“, fauchte Adélaïde, zog ihn energisch am Ellbogen und setzte ihn auf einen Stuhl.

„So! Und jetzt bist du ruhig, du ungeschickter Kerl!“

Achille grüßte die Mutter des Marquis, die ihm gegenüber saß: „Guten Abend, Madame, hihihi!“

„Marquise von Balibari“, stellte die sich ihm mit steifer Höflichkeit vor. Anscheinend glaubte sie, in seinem verwirrten Auftritt, seinem wächsernem Teint und seiner pickligen Haut etwas Bekanntes, das von adliger Herkunft zeugte, wiederzuerkennen.

***

Jeanne-Blanche von Balibari, die Mutter des gleichnamigen Marquis, war eine Frau von Charakter, eine ehemalige Jägerin, doch an einen Rollstuhl gefesselt seit einem Jagdunfall, dessen nähere Umstände ein indiskreter Feldhüter einmal verraten hatte.

Vor zwanzig Jahren also, während einer Treibjagd auf Wildschweine, hatte sie plötzlich einen heftigen Durchfall wegen eines opulenten Gerichts von delikaten Singvögeln, dem sie am Vorabend ordentlich zugesprochen hatte. Als sie sich abseits von ihren Jagdgenossen hinter einem Vorhang von Farnen erleichterte, gab ihr Allerwertester so unangebrachte Geräusche von sich, dass ihr Sohn sie für das Grunzen eines Ebers hielt und mit der Flinte darauf hielt. Dreimal schoss er ohne Vorwarnung auf seine Mutter. Eine Kugel zertrennte ihr Rückenmark, so dass sie nie mehr ihre Beine gebrauchen konnte und nie wieder Appetit auf Singvögel hatte.

Adélaïde wollte sich neben die Marquise setzen, während sie sie mit einem Kopfnicken begrüßte. Doch sie verfehlte den Stuhl und stürzte mitsamt dem Möbelstück auf die Erde.

Vierzig Augenpaare drehten sich in die Richtung, aus der das Gepolter kam.

„Huhuhu!", machte Achille.

Cornelius und Madame Betti eilten zu Hilfe.

„Haben Sie sich wehgetan, meine Liebe?", fragte die Marquise besorgt.

Adelaïde, deren Nase blutete, zwang sich ein Lächeln ab. „Alles ist wunderbar, verehrte Marquise!"

Ein wenig Blut tropfte aus ihrer Nase und traf die Marquise mitten ins Gesicht.

Sofort zog Cornelius Adélaïde am Hals fort, um das strömende Blut woanders hinzulenken. Man konnte hören, wie Adélaïdes Halswirbel knirschten, und sie ließ ein jämmerliches Miauen vernehmen.

Aber das Unglück war bereits geschehen, und schon kamen grünliche Rauchwölkchen aus den Ohren der Marquise.

„Ich weiß nicht, was jetzt passiert", sagte Violette.

„Sicher nichts Gutes", fürchtete Cornelius.

Bruder Lustick verfolgte die Katastrophe im Schneidersitz zu Füßen des Weinregals. Gerade pfiff er sich die dritte Flasche hinein. „Und alle haben gedacht, dass *ich* alles versauen würde", dachte er.

Die Marquise saß zitternd in ihrem Rollstuhl versunken und produzierte Spuckebläschen. Cornelius und Madame Betti schirmten sie mit ihren Körpern vor Blicken ab.

„Wir müssen sie hier herausbringen!", flüsterte Cornelius, von dessen Stirn der Schweiß lief.

„Ich mach das schon!", erwiderte Madame Betti.

Sie nahm die Griffe des Rollstuhls und schob die Marquise blitzschnell quer durch den Raum. Ein Feuerwehrmann konnte nur durch einen Sprung dem Konvoi ausweichen, der eine Spur von Rauchgeruch hinter sich ließ. Madame Betti gelangte in einen Flur, stellte die Marquise in einer Wäschekammer ab und schloss die Tür sorgfältig zu. Dann ging sie gemächlich, ein barockes Liedchen pfeifend, wieder in den Wohnraum zurück.

Adélaïde hielt sich ein Taschentuch unter die Nase und schaute mit dem Blick eines toten Fischs ins Leere. Achille betrachtete sie mit einem zärtlichen, aber auch etwas ironischem Blick. „Auch du bist ungeschickt", redete er mit leiser Stimme auf sie ein, „sehr ungeschickt! Ich muss das von dir haben … Vielen Dank für das Erbe!

Ich bin das, was du aus mir gemacht hast, und ich werde mich nie wieder für mich schämen!! Haha! Ich fühle mich jetzt so erleichtert ... so leicht ... wer hat das noch mal gesagt? ... so leicht wie eine Feder!"

Madame Betti blickte angespannt auf ihre Uhr. „In dreiundzwanzig Minuten sind wir wieder tot!"

„Laufen Sie zurück zum Friedhof, bevor es zu spät ist", sagte Cornelius. „Ich hole Hugo hier heraus."

„Ich möchte dich begleiten", bettelte Gertrude, die Angst hatte, sie könnte die Gelegenheit verpassen, ihren Mord zu begehen.

Plötzlich hallte Achilles Stimme durch den Raum: „LEICHT WIE EINE FEDER!!!" Er war auf einen Tisch gesprungen und sang nun:

Unten auf der Erde
Da lebt doch fast jeder
Ich verlass die Herde,
Flieg wie eine Feder.

Unter dem doppelten Einfluss des Zaubers und der halluzinogenen Pilze wackelte Achille mit seinen alten Knochen im Rhythmus einer Musik, die nur er allein hören konnte.

Hör auf, dich zu stressen
Hör doch auf, anzugeben
Du sollst die Welt ganz vergessen
Und wie eine Feder schweben!

Vor einem völlig verblüfften Publikum sprang Achille auf dem Tisch herum und bewegte seine Arme, als wolle er wie ein Vogel davonflattern. Sturzbetrunken begann Bruder Lustick, dazu laut einen Rhythmus zu klatschen. Dann bat Achille seine Mutter zu sich hinauf. Nach kurzem Zögern lächelte Adélaïde und kletterte auf den Tisch. Dann begann auch sie zu singen:

Ich brech mir nicht das Nasenbein
Auf dem Boden da vielleicht.
Ich fall nicht, ich bin federleicht,
Und so, und so will ich immer sein!
Leicht wie eine Feder!
Leicht wie eine Feder!

Bruder Lustick warf Gertrude den Flaschenöffner zu, den er in der Hand hielt, und stieg zu den Sängern auf den Tisch. Als sie das Instrument aufgefangen hatte, ging dem Mädchen durch den Kopf, dass dies die ideale Waffe war, um Hugo zu töten. Sie brauchte nur das Gewinde auf seiner Brust anzusetzen und zu drehen, um sein Herz auszuschalten.

Mit einem breiten Grinsen stahl sie sich in Richtung Keller davon, ohne dass es jemand merkte.

Leicht wie eine Feder!
Leicht wie eine Feder!
O yeah!

Achille beendete seine Nummer, indem er sich nach hinten fallen ließ, wo er von Bruder Lustick aufgefangen wurde. Die Darbietung wurde mit einem betretenen Schweigen quittiert. Das Trio stand einen Augenblick bewegungslos da, dann verschwand das Lächeln in ihren Gesichtern – in dem Maße, wie ihnen wieder bewusst wurde, wo sie sich befanden. Oscar lief mit klappernden Absätzen zum Tisch.

„Wie können Sie es nur wagen, sich unter diesen Umständen so bei mir zu benehmen!?"

Plötzlich öffnete sich krachend die Tür der Wäschekammer. Alle drehten sich um, und Madame Betti ahnte, dass sich etwas Schreckliches ereignen würde. Man hörte das Knirschen von Rädern auf dem Parkett, dann erschien die Marquise von Balibari im Türrahmen.

„Mutter???", rief ihr Sohn mit erstickter Stimme.

Ihre Gestalt war von grünem Rauch umhüllt, doch man konnte ihren kahlen von Hautfetzen bedeckten Schädel und ihre wie geschmolzenes Wachs verzerrten Gesichtszüge noch deutlich erkennen. An ihren Nasenlöchern hing eine klebrige gelbe Masse.

„Zombies!", schrie Cornelius. „Das ist es also, was passiert, wenn man Flüssigkeit über ihnen verschüttet!"

Ungläubige Blicke wanderten von den Menschen zu den Geistern und von den Polizisten zu den Feuerwehrleuten.

Aber nur Adélaïde bemerkte, wie blass Bruder Lustick geworden war.

„Fühlst du dich nicht wohl?“, fragte sie vorsichtig, denn sie vermutete, dass die Kraft des Zaubers nachließ.

Bruder Lustick fand keine Zeit zu antworten. Er riss plötzlich den Mund weit auf, erbrach sich, und ein dicker Strahl Wein spritzte die Versammlung voll.

ACHTZEHNTES KAPITEL

DER ANGRIFF DER UNTOTEN

Bruder Lustick drehte sich wie ein Kreisel um sich selbst und spritzte den ganzen Raum die Wände entlang bis zur Decke voll. Der Strahl war so stark, dass er sogar die Stühle umstieß. Feuerwehrleute, Polizeiinspektoren, Nachbarn und der Marquis, alle, die versuchten, diesem Ausbruch zu entkommen, glitten aus und gingen zu Boden, wo sie in der purpurnen Flüssigkeit zerflossen.

Von dem Radau angelockt, lief Fanette herein und bekam gleich einen Spritzer mitten auf die Schnauze. Schließlich endete die Sintflut, und Bruder Lustick trocknete seine Lippen sorgfältig an der Rückseite seines Umhangs.

„Tut mir leid, äh …!“

Es sah aus, als habe ein Tornado gewütet. Die Menschen lagen in ungeordneten Haufen am Boden und zappelten röchelnd. Rauchwolken stiegen aus ihren in Krämpfen zuckenden Leibern.

Madame Betti machte große Augen. „Sie verwandeln sich in Zombies!“, rief sie mit erstickter Stimme.

„Man hat dir doch gesagt, dass du niemanden nass machen darfst!“, schrie Cornelius außer sich vor Wut Bruder Lustick an.

„Ich kann doch nichts dafür!“, protestierte der. „Der Kaffee ist mir einfach nicht bekommen.“

Als der Qualm sich verzog, war die schreckliche Verwandlung geschehen: Die Menschen waren nur noch Hampelmänner mit verrenkten Gliedmaßen; ihre Gesichter waren von Fäulnis zerfressen. Die Augen des Marquis pendelten vor ihren Höhlen wie zwei milchige Kugeln.

Madame Betti, Violette und Cornelius kletterten auf den Tisch, um gemeinsam mit Bruder Lustick, Adélaïde und Achille einen Abwehrblock zu bilden. Achille war unterdessen die Lust am Singen abhanden gekommen.

„Wo ist Gertrude?“, schrie Madame Betti auf einmal zu Tode erschrocken auf.

Die vom Duft lebendigen Fleischs angelockten Monster streckten ihre Knochenarme zum Tisch aus. Adélaïde und Achille klammerten sich aneinander und stießen immer wieder Schreckensschreie aus. Bouffarels Zombie riss mit seinem Maul einen Schuh von Madame Bettis Fuß. Gringoire biss sich an Bruder Lusticks Hintern fest und blieb daran hängen, bis ihn Violette durch kräftige Tritte mit dem Absatz dazu brachte loszulassen. Aber so oft die Geister auch ihre Belagerer abwehrten, so griffen die schmerzunempfindlichen Kreaturen beim nächsten Mal mit noch größerer Wut an.

Cornelius streckte seine Arme nach dem großen Lüster an der Decke aus. Blitzschnell hatte sein Wissenschaftlerauge erfasst, dass die Länge der Kette, an der er hing, einen fünf Meter weiten Flug über die rasende Horde hinweg ermöglichte. „Haltet euch an mir fest!“, schrie er.

Seine Freunde klammerten sich an seine Taille und Cornelius selbst sich an den Lüster.

„Auf geht's!“

Er schwang sich in die Luft … und sofort riss die Kette, so dass die ehemaligen Geister mitten in die Zombiemeute stürzten.

***

Gertrude lief durch die Kellergänge. Ganz außer Atem hielt sie vor einer verschlossenen Tür an. „Hugo, bist du da drinnen?“

Sie klopfte dreimal. „Ich weiß, dass du da bist. Mach auf!“

Dann begann sie, wütend gegen die Tür zu treten. „Mach auf, mach auf! Ich muss dich retten!“

***

Die Ex-Geister strampelten sich ab, um den Bissen der Zombies zu entgehen. Adélaïde gelang es, sich aus dem

Handgemenge loszureißen. Sie sprang kopfüber in das Weinregal, das über ihr zusammenkrachte und ihr alle Knochen brach.

***

Puff!!

Im selben Augenblick erschien Adélaïde in einem Funkenregen wieder als Phantom auf dem Friedhof. Der Poemander zog eine Augenbraue hoch. „Und wie läuft es da unten?"

„Das absolute Chaos! Ein Chaos!", seufzte die junge Frau verächtlich. „Und mir tut es gar nicht leid, dem entkommen zu sein."

„Aber der Körper des Kindes? Wo ist er?"

„Äh … nun ja …!"

Puff! Puff! Puff!

Jetzt waren auch die Geister von Madame Betti, Achille und Bruder Lustick wieder da.

„Diese Aasfresser haben uns bis auf die Knochen gefressen!", schrie Bruder Lustick empört.

Adelaïde empfing ihr Kind mit einem Freudenschrei. „Komm in meine Arme, mein Retter!"

Achille wich ein wenig zurück. Noch nie hatte seine Mutter ihm ein solches Lächeln geschenkt.

„Leben, was für ein Blödsinn!", sagte sie und ergriff seine Hand. „Alles ist Unordnung, Ärger und Schmerz!

Eigentlich, mein Kleiner, hast du mir nicht wenige Sorgen erspart, als du für mein Ableben gesorgt hast."

Zum ersten Mal im Laufe seiner Existenz schmiegte sich Achille an seine Mutter und seufzte einen tausendjährigen Seufzer der Erleichterung.

„Ehrlich, Bruder Lustick", schimpfte Madame Betti, während sie ihre Frisur richtete, „du hast dich sowas von tollpatschig benommen!"

„Das kam von dem Kaffee!", sagte der Klosterbruder wieder und zuckte mit den Schultern.

„Und Hugos Körper?", beharrte der Poemander.

„Ist unterwegs", antwortete Madame Betti mit einem beleidigten Lächeln. „Violette und Cornelius kümmern sich um alles. Und glauben Sie mir, sie haben die Lage völlig im Griff!"

***

„Wir sind am Ende!", brüllte Cornelius, der von drei wütenden Zombies gleichzeitig an der Schulter, am Hals und am Hintern gebissen wurde. Violette aber riss einen alten Säbel von der Wand und zerteilte alle drei mit einem einzigen heldenhaften Hieb.

„Du bist ja noch genauso kräftig und geschickt wie früher!", fand Cornelius voller Bewunderung.

Durch eine Rückwärtsrolle entkam er dem Handgemenge und zog Violette hinter sich über die Barriere am Treppenaufgang. Violette stieg rückwärts die Stufen hinauf und schwang ihren Säbel dabei in der Luft, um keinen weiteren Angriff zuzulassen.

Oscar ergriff eine Hellebarde mit ihren drei Spitzen und stieß sie bei dem Versuch, Cornelius damit aufzuspießen, tief in das Holz der Treppe. Cornelius trug nur einen blutigen Kratzer an der Wade davon, und Violette schleppte ihn mit sich über das Treppengeländer. Beide fielen auf den Boden und zerdrückten dabei einen Zombie zu einem grünlichen Gelee.

***

Gertrude warf sich mit der Schulter gegen die Tür des Kellerraums, und damit gelang es ihr, sie zu öffnen. Ein Lichtschacht in der Decke erhellte den Raum ein wenig. Hugos Körper lag auf der Erde. Er war leichenblass und atmete unregelmäßig.

„Du brauchst keine Angst zu haben. Ich werde dich jetzt tot machen, damit du es besser hast. Und dann werden wir die besten Freunde sein!“

Sie setzte den Korkenzieher über seinem Herzen an und schloss die Augen … als ein lautes Knurren sie ablenkte. Sie drehte sich um. Fanettes Zombie näherte sich ihr und bedrohte sie mit seinen riesigen pistaziengrünen Eckzähnen.

Grrrrrr!

Als Violette und Cornelius in den Keller stürmten, ließ Gertrude den Korkenzieher fallen. Fanette begrüßte sie lebhaft, und Gertrude setzte ihr unschuldigstes Lächeln auf. Cornelius versperrte den Eingang, während Violette das Fenster des Lichtschachts mit einer Leiter einschlug.

Die Zombies hatten keine Schwierigkeit, die Tür aufzubrechen, und strömten in den Raum, wo sie allerdings nur Fanette vorfanden. Angetan von ihrem fauligen Geruch, begrüßte der Hund die Zombies mit freudigem Gebell. Die Leiter lehnte am Lichtschacht, und auf dem Boden lagen verstreut Glassplitter. In einem unbeschreiblichen Durcheinander machten die Zombies kehrt. Sie tauchten bald vor dem Gutshaus auf und sahen, wie sich die Flüchtenden in Richtung Dorveille entfernten.

„Alle zum Friedhof!", jaulte Oscar.

Und die heulende Horde stürmte zum Hügel.

NEUNZEHNTES KAPITEL

HUGOS WAHL

Die Wirkung des *Mortu Mutabor* ließ gerade nach, als Violette, Gertrude und Cornelius das Friedhofstor hinter sich hatten. Während Cornelius' Arme ihre physische Dichte verloren, ließen sie Hugos Körper auf die Erde gleiten.

Die Geister beglückwünschten sich, stolz, ihre Mission erfüllt zu haben, und froh, wieder tot zu sein. Der Poemander nahm einen Stab aus seiner Tasche und deutete damit auf Hugos Phantom, das immer noch ohnmächtig war.

„Aufwachen! Es ist an der Zeit, wieder lebendig zu werden."

Hugo stand auf wie ein Automat und ging mit langsamen Schritten auf die übrigen Geister zu. Er sah aus wie ein zum Leben Verurteilter. Vor dem Gitter blieb er stehen und betrachtete seinen auf der Erde liegenden Körper.

„Und was soll ich jetzt tun?"

Der Zauberer zeigte mit dem Finger auf die Kante der Klippe. „Stürz dich in den Abgrund!"

„Und was passiert dann mit mir?"

„Es ist jetzt keine Zeit für Fragen. Dein Herz wird aufhören zu schlagen. Reiß dich los! Stürz dich von der Klippe, sonst bleibst du für immer ein Geist!"

Während Hugos Blick auf seinem Körper ruhte, erinnerte er sich: *„Die Hölle ist leer. Alle Dämonen sind hier auf der Erde"*.

Der Sinn dieser Worte war für ihn jetzt kristallklar. Wie verlogen die Versprechen seiner Kindheit doch gewesen waren! Wie falsch und verdorben waren doch die Lebenden! Gegenüber dieser grell erleuchteten Welt des Scheins erwiesen sich das milde Mondlicht und der Halbschatten des Totseins als ehrlicher und gewisser.

„Ich möchte nicht wieder lebendig werden … Ich möchte bei euch bleiben!"

Die Geister machten verdutzte Gesichter.

„Was erzählst du da?", schimpfte der Poemander.

„Ich möchte nicht zu den Menschen zurück. Sie sind Betrüger! Diebe! Mörder!"

„Nun mal langsam, junger Mann", entgegnete Bruder Lustick gutmütig. „Gewiss, drei Viertel der Menschheit sind komplette Idioten. Aber auf jede Milliarde kommt doch ein ganzer Haufen von Leuten, die in Ordnung sind!"

Tränen liefen über Hugos Gesicht.

„Bitte! Behaltet mich bei euch!"

„Das ist unmöglich", beschwor ihn Violette. „Du musst dein Leben wieder aufnehmen!"

„Aber ihr habt doch gesagt, dass der Tod besser ist als das Leben!“

„Das haben wir doch nur gesagt, um dich zu trösten. Wir wussten ja nicht, dass du die Chance haben würdest, ins Leben zurückzukehren.“

„Du bist zum Leben geboren worden!“, sagte Madame Betti lächelnd. „Also geh schon, tu den großen Sprung! Es ist doch so schön, das Leben!“

Adélaïde schaute skeptisch drein.

Gertrude drückte sich an Violette und hielt tapfer ein Schluchzen zurück.

„Und du kommst wirklich ab und zu an mein Grab? Versprochen?“

Hugo nahm sie fest in die Arme. „Ich würde gern bei dir bleiben …“

„Ich auch bei dir“, flüsterte das Mädchen. „Aber wenn ich genau darüber nachdenke, hätte ich lieber einen lebendigen Verehrer als einen toten.“

„Du glaubst gar nicht, wie schön es ist, richtige Tränen weinen zu können!“, seufzte Madame Betti und tupfte ihre trockenen Augen mit einem Flanelltaschentuch ab.

„Denk an die Kinder, die auf dich angewiesen sind, um zur Welt kommen zu können!“, sagte Adélaïde lächelnd. „Nun ja, Kinder können einem das Leben verderben, aber dennoch: Nichts ist so wunderbar wie die Liebe so eines kleinen Wesens zu seiner Mutter!“

Achille wuschelte mit einer zärtlichen Geste Hugos Haare. „Geh nach Hause und versuche glücklich zu sein, mein Junge! Glücklich zu sein ist die beste Methode, sich auf den Tod vorzubereiten."

„Aber ich werde allein sein auf der Welt!", schluchzte Hugo. „Ohne meine Eltern habe ich nicht die Kraft, mit den Menschen zurechtzukommen …"

Cornelius fasste ihn an den Schultern: „Und jetzt hör zu und merk dir dies: ‚Die Lösung verbirgt sich hinter meiner Stirn'." Dabei deutete er mit dem Zeigefinger auf seinen Kopf.

Der Junge reagierte darauf mit einem verlorenen Blick.

„Wiederhole!", verlangte Cornelius mit großem Eifer.

„Die Lösung … verbirgt sich hinter meiner Stirn", stotterte Hugo, ohne den Sinn dieser Worte zu verstehen.

„Schweigen Sie, Cornelius!", fauchte der Poemander. „Sie haben nicht das Recht, ihm Hinweise zu geben!"

Hugo wandte sich an den Zauberer. „Kann ich bitte noch einmal meine Eltern sehen, bevor ich von hier fortmuss?"

Der Poemander zögerte.

„Es ist wichtig, sich voneinander zu verabschieden, nicht wahr?", wagte Gertrude zu sagen und ergriff schüchtern seine Hand.

„Gut. Aber weder das Kind noch seine Eltern dürfen sich sehen oder miteinander sprechen!", entschied der

Zauberer mit der Andeutung eines Lächelns.

Hugo war einverstanden, und Madame Betti verband ihm die Augen. Es wurde dunkel und still. Der Junge streckte die Arme aus, und seine Hand ertastete ein Gesicht. Diese bestimmte Feinheit der Haut hätte er unter Tausenden herausgefunden. Und das Oval der Wangen, die Biegung der Nase.

„Mama?"

Hugo legte seine Finger auf ihre Lippen und spürte, dass sie lächelte.

„Mama!"

Der Poemander riss ihm abrupt die Augenbinde ab. „Du hast keine Zeit mehr. Geh jetzt!"

Ohne zurückzublicken, ging Hugo an den Rand der Klippe. Doch als er abspringen sollte, bewegte sich nichts. Eine kurze Weile blickte er ins Leere, dann drehte er den Kopf zu den Geistern.

„Ich bleibe bei euch!"

Aus dem Dunkel der Nacht tauchte die von Oscar angeführte Zombiemeute auf und stürzte sich auf Hugos Körper. Aus der kompakten Masse der Untoten ragten nur hier und da einzelne grimassierende Gesichter heraus. Mit ihren Skelettfingern rissen die Zombies dem Jungen die Kleider vom Leib, um in sein nacktes Fleisch beißen zu können. Der Poemander wandte seinen Blick ab, und die Geister erstarrten vor Abscheu. Die Zombies des Friedhofs stießen zu den anderen und verlangten ihren Anteil an der Beute. Ihre Kiefer klapperten an der Oberfläche des Bodens, von wo aus sie Teile von Hugos Fleisch abzureißen versuchten. Hugos Geist betrachtete die Vernichtung seines Körpers ohne die Kraft zu finden, die kannibalische Mahlzeit dadurch zu beenden, dass er sich in den Abgrund stürzte. Vor allen anderen verlangte Oscar seinen Teil. Er presste seine Lippen auf Hugos Gesicht und saugte unter schrecklichen Schlürfgeräuschen eines seiner Augen aus.

***

ICH BIN DER GROSSMEISTER DES SPIELS

Diese Worte schlugen bei dem Jungen mit der Macht einer Zauberformel ein. Im Augenblick schrumpfte der Friedhof zu einer Modelllandschaft. Hugo kam es vor, als betrachte er eine Landschaft von oben. Was er vor sich hatte, war aber nur die Dekoration eines Spielzeugtheaters. Der Hersteller hatte mit erstaunlicher Präzision gearbeitet. Statt Zypressen standen Rosmarinzweige auf dem Hang des Hügels. Kleine Stücke von trockenem Moos ahmten das niedrige Buschwerk täuschend ähnlich nach. Hugo tastete nach den Gräbern, die kaum größer waren als ein Fingernagel. Niemand fehlte in der dargestellten Szene. Vor dem Gittertor des Friedhofs waren die kleinen Figuren der Geister um den Körper eines Kindes versammelt, der halb unter einer Masse von Miniaturzombies vergraben war. Ihre Mienen waren in einem Moment des Schreckens und der Abscheu erstarrt, und dann war die Zeit stehengeblieben.

Hugo lehnte sich zurück, um die Miniaturlandschaft insgesamt zu überblicken.

Er nahm die Figur seiner selbst als Geist, die am Rand der Klippe stand, in die Hand und betrachtete sie. Er stellte sie wieder vor den Abgrund. Und dann stieß er sie ein wenig an, so dass sie in die düstere Tiefe fiel.

So sollte die Geschichte enden, hatte er entschieden.

ZWANZIGSTES KAPITEL

HUGO UND DIE DÄMONEN DER NACHT

Mit einem lauten Geräusch prallte Hugo auf die Wasseroberfläche. Unter Wasser versuchte er noch, sich aus einem Gewirr von Schlingpflanzen zu befreien. Dann öffnete er den Mund, um zu schreien, doch die Flüssigkeit drang nun in seine Lungen. Orientierungslos schwamm er zum Grund, den er für die Wasseroberfläche hielt.

Der Mann in Schwarz lehnte sich über die Klippe und beobachtete, wie die Welle, die durch den Aufprall auf das Wasser entstanden war, sich in konzentrischen Kreisen ausbreitete.

Als sein Kopf gegen den schlammigen Seeboden stieß, wusste Hugo, dass alles vorbei war. Widerstandslos ließ er sich auf einen befremdlichen Teppich aus süßer Sanftheit fallen. Er dachte an nichts mehr. Er empfand weder Schmerzen noch Furcht und dachte auch nicht daran, gegen die Müdigkeit anzukämpfen, die von ihm Besitz ergriff. Er war ganz einfach bereit, sich bis auf den letzten Blutstropfen von dem See aufsaugen zu lassen.

Eine zärtliche Geste weckte ihn aus seiner Erstarrung. Hugo öffnete seine Augen und erkannte eine von Licht umstrahlte Gestalt. Gertrude lächelte ihm zu, das Gesicht umgeben mit einer Aureole von Haaren, die sich in den Fluten ausbreiteten. Sie ergriff seinen Arm, um ihn an die Oberfläche zu ziehen. Hugo kroch die Uferböschung hinauf und erbrach dabei eine schwärzliche Flüssigkeit. Seine Hand war vom Uferschlamm eingeschlossen und konnte sich kaum befreien. Erst als er alle seine Kräfte anspannte, konnte er sich mit einem lauten *Plopp!* befreien. Als er sich aufrichtete, verlor die Geistererscheinung bereits seinen sanften Glanz über dem trüben Wasser. Bevor es ganz verschwand, warf das Mädchen ihm noch einen Luftkuss zu; kurz danach ragten nur noch ihre Fingerspitzen aus dem Wasser.

Hugo setzte sich auf einen Baumstamm, der in den sumpfigen Boden hineinhing. War er noch am Leben? Das dumpfe Pochen des Bluts an seinen Schläfen überzeugte ihn davon. Nach und nach fand sein Herzschlag seinen normalen Rhythmus wieder.

Ein fernes Brummen ließ ihn aufschauen. Oben am Himmel beschrieben die Positionslichter eines Frachtflugzeugs im Sternbild der Zwillinge eine gerade Linie.

Ein stechender Schmerz brachte ihn wieder auf die Erde zurück, und er sah, dass seine Füße blutig waren. Der Schmerz weckte in ihm eine erstaunliche Erinnerung.

Das Frachtflugzeug … die Zwillinge …

Hugo wurde bewusst, dass es die Mordnacht war.

„Und zwar kurz vor dem Mord!“, sagte er laut, damit er es auch wirklich glaubte.

Mama und Papa sind noch am Leben!

***

Seine Eltern, wusste er, schliefen in diesem Augenblick in ihrem Schlafzimmer, ohne zu ahnen, was für ein Drama sich bald abspielen sollte. Obwohl er nicht wusste, was dieses Mysterium bewirkte, so war Hugo doch bewusst, dass er die Erinnerung an die Zukunft in sich trug. Er dachte daran zurück, wie er in Cornelius’ Armen geschwebt hatte. Die Bilder liefen wie im Zeitraffer an seinem inneren Auge vorbei. Er erinnerte sich daran, wie der Mann in Schwarz in den Wohnraum eingedrungen war, wie er über Fanettes Spielzeug stolperte und dann auf allen Vieren die Treppe hinaufstieg. Er erinnerte sich an das Schlafzimmer, den Dolch, daran, wie die Klinge auf seine Eltern hinabgefahren war, an die blutgetränkte Matratze …

Der Mörder, wusste Hugo mittlerweile, war Oscar. Er dachte daran, dass sein Onkel die Böschung nach ihm absuchen würde und verbarg sich schnell im Schilf.

So war es!

Der grünliche Lichtkegel durchbrach den Nebel, und alles spielte sich so ab, wie Hugo es bereits gesehen hatte.

Der Mann in Schwarz hielt die Taschenlampe in der einen Hand, in der anderen Hand hielt er den Dolch gezückt. „Wo ist diese Rotznase nur hin?“, zischte er zwischen seinen Zähnen.

Im Schilf kauernd hielt Hugo den Atem an.

Während er die ganze Zeit leise vor sich hin fluchte, ließ der Mann weiter den Lichtkegel seiner Taschenlampe unentwegt über die glatte Oberfläche des Sees gleiten. Endlich war er es leid; er brach die Suche ab und schlug den Weg zurück zum Gutshaus ein.

***

Hugo atmete geräuschlos die lang angehaltene Luft aus. In seinem Kopf wirbelten seine Gedanken schwindelerregend durcheinander. Eins war ihm immerhin klar: Er war am Leben, und deshalb konnte er auch wie ein Lebender handeln. Noch hatte er Zeit, seine Eltern zu retten. Als Lebender konnte er Oscar einholen. Ohne weiter nachzudenken, sprang der Junge auf und eilte seinem Onkel hinterher.

***

Einige Minuten später hatte Oscar das Tor des Gutshofs durchquert. Als er sich dem Haus näherte, verlangsamte er seinen Schritt, damit der Kies unter seinen Füßen kein Geräusch machte.

Hugo rannte keuchend weiter, in seiner Lunge brannte es wie Feuer. Der Boden unter seinen blutenden Füßen schien aus lauter Rasierklingen zu bestehen. Er sprang über Gestrüpp, lief steile Hänge hinab und musste sich immer wieder gegen das Bild von seinen ermordeten Eltern in seinem Kopf wehren. Aber fortwährend rief er nach ihnen.

„Papa! Mama! Ihr müsst aufwachen!“

Völlig am Ende seiner Kräfte, brach er vor dem Gutshaus zusammen. Mit letzter verzweifelter Anstrengung kroch er auf den Ellenbogen über den Kies.

„Papa! Mama!“

Sein Körper brannte überall. Und doch war es nicht dies, woran er am meisten litt. Die Entfernung, die ihn von seinen Eltern trennte, schien unüberwindbar. Nichts konnte den Mord mehr aufhalten. Hugo mochte soviel um Hilfe rufen, strampeln, fluchen, wie er wollte – niemand würde ihm zu Hilfe eilen. Kein himmlisches Ohr, kein Mondgeist oder Waldgespenst würde ihn hören. Außer im Traum gab es keine Rettung. Er rollte sich zusammen und ließ seinem Schluchzen freien Lauf.

Oscar durchquerte eilig auf leisen Sohlen den Wohnraum. Ein Quieken schreckte den Verbrecher auf. Er war gerade auf Fanettes Plastikschwein getreten. Er versetzte dem Spielzeug einen Fußtritt und begann die Treppe hinaufzurennen, die zum Schlafzimmer der Eltern führte.

Aber plötzlich durchzuckte ihn ein heftiger Schmerz. Er versuchte, sich an der Wand abzustützen und drückte einen Lichtschalter. Der große Lüster beleuchtete eine Schreckensszene: Oscar hatte sich auf der Spitze einer Hellebarde aufgespießt, die zwischen den Treppenstufen steckte. Die Stichwaffe hatte seine Brust durchbohrt und war am Rücken, von blutigen Stofffetzen bedeckt, wieder ausgetreten. Oscar bäumte sich noch einmal auf, dann stürzte er nach hinten. Dabei zerriss der Stahl seine Lungen, und er brach auf dem Parkett in einer Blutlache zusammen.

Die Schlafzimmertür öffnete sich, und Hugos Eltern waren sofort wach. Ihr Kind ging wie betäubt auf sie zu, wobei es bei jedem Schritt einen blutigen Fußabdruck hinterließ. Romain schloss Hugo in seine Arme, dann wurde Hugo ohnmächtig.

EINUNDZWANZIGSTES KAPITEL

DAS KRANKENHAUS

In seinem Büro bat der Arzt Hélène und Romain, Platz zu nehmen.

„Ihr Sohn ist noch ein wenig desorientiert", sagte er, während er in seinen Notizen blätterte, „doch außer einigen Quetschungen hat er nichts zurückbehalten. Sie können Hugo wieder mit nach Hause nehmen."

In den Gesichtern von Hélène und Romain waren die Spuren der Sorgen und des Schlafmangels deutlich zu sehen. Ratlos hatten sie dem Arzt zugehört.

„Aber was kann ihn denn dazu gebracht haben, einfach mitten in der Nacht zu verschwinden?"

Wir nennen das *Pavor Nocturnus,* nächtliche Angstzustände, die mit Schlafwandeln verbunden sein können, zusammen mit einem Wachtraum. Das ist ein eindrucksvolles Phänomen, aber im Allgemeinen ohne gravierende Folgen und gar nicht so selten. Ihr Kind hat geglaubt, irgendwie in einer Art Film zu leben. Es hat sich eingebildet, von einem Verbrecher verfolgt zu werden, ist in den Wald davongelaufen und am Ende in den See gesprungen, und der war ganz real! Ein solches Erleben kann, wenn es sich nicht zu oft wiederholt, zu einer ganz normalen Entwicklung gehören. Es erlaubt dem Kind, seinen Ängsten eine Form zu geben. Alles, was sich in der letzten Zeit an Informationen, Bildern und Ängsten in ihm aufgestaut hat, nimmt bisweilen eine erschreckende Gestalt an."

„Meinen Sie, dass sich das wiederholen kann?"

„Das hängt von dem Kontext ab … Haben Sie bei ihm in letzter Zeit Verhaltensänderungen bemerkt?"

„Kaum", antwortete Romain, „außer dass er den ganzen Sommer über nicht baden gehen wollte, während er sonst das Wasser immer ganz toll gefunden hatte."

„Hugo hat uns von seinem Traum erzählt", fing der Arzt wieder an. „Es ging dabei um Erdöl. Das ist ein symbolisch hoch aufgeladenes Bild, das …"

„Es ist nicht nötig, hier im Symbolischen zu suchen", unterbrach ihn Romain seufzend. „Wir hatten in der letzten Zeit … sagen wir: Nachbarschaftsprobleme, die mit Erdöl zu tun haben."

„Ich wusste, dass diese Geschichte uns noch zu schaffen machen würde", seufzte Hélène.

„Aus medizinischer Sicht ist das eine gute Nachricht", meinte der Doktor lächelnd. „Schließlich ist es doch besser, gestörte Nachbarschaftsverhältnisse als mentale Störungen zu haben! Wenn er keinen äußeren Auslöser gehabt hätte, wäre der Vorfall weit beunruhigender. Doch weil das Problem aus einem Konflikt entstanden ist, brauchen Sie nur den Konflikt aus der Welt zu schaffen, und das Problem verschwindet."

„In der Tat ... wir werden das alles regeln", sagte Hélène unter dem misstrauischen Blick von Romain, der ahnte, was sie damit meinte.

Das Paar wollte gerade aufstehen, als der Arzt mit dem Finger auf Romain zeigte.

„Ach, da ist noch etwas!"

„Ja, bitte?"

„Haben Sie ein gutes Verhältnis zu ihrem Bruder, Monsieur Grimmons?"

Romain riss die Augen auf.

„Mein Bruder?"

„Ja ... Hugo zufolge hatte sein Onkel väterlicherseits eine ziemlich finstere Rolle in seinem Traum. Er wollte Sie beide im Schlaf umbringen! Kann es sein, dass dies seine Ursache in einem Konflikt hat, den Sie mit ihrem Bruder haben?"

„Aber ... ich habe keinen Bruder!", stotterte Romain und wurde bleich.

Hélène betrachtete ihn mit einem sowohl ärgerlichen als auch traurigen Blick. „Doch, du hast einen Bruder", sagte sie leise.

Hugos Vater kniff die Augen zusammen. „Nun ja ... natürlich habe ich einen Bruder", murmelte er, „oder besser: ich hatte einen."

„Das heißt?“, fragte der Arzt, neugierig geworden mit erster Stimme.

„Ich hatte einen Zwillingsbruder. Er hieß Oscar. Im Alter von zwölf Jahren ist er ertrunken. Es war am Ende der Sommerferien, und wir waren an einem See. Ohne dass unsere Eltern davon wussten, habe ich ihn zu einem mitternächtlichen Bad gelockt. Er wollte nicht ungehorsam sein, aber ich habe insistiert … Er ist verschwunden, während wir Seite an Seite schwammen. Als ob er verschluckt worden wäre, ohne eine besondere Bewegung oder einen Schrei … Seine Leiche wurde am nächsten Morgen am Ufer im Schilf gefunden … Noch heute fühle ich mich schuldig an seinem Tod.“

Der Arzt wartete einen Moment, bevor er wieder begann: „Kennt Hugo diese Geschichte?“

„Nein, bei seiner Geburt haben wir beschlossen, ihm nicht davon zu erzählen.“

„Vielleicht aber hat er Fotos oder andere Dokumente entdeckt, die an den Unfall erinnern.“

„Unmöglich! Im Haus gibt es keine Spur von Oscar. Nicht weil ich ihn vergessen wollte. Ein Zwillingsbruder bleibt das ganze Leben lang um einen und in einem. Jedes Mal, wenn ich mich im Spiegel betrachte, sehe ich vor mir den Mann, der er hätte werden können. In jedem Spiegelbild meine ich ihn zu erkennen, als ob er noch immer dauernd um mich herum wäre.“

„Wir wollten dieses Trauma nicht auf Hugo übertragen“, fügte Hélène hinzu. „Wir glaubten, es müsse sehr verwirrend sein für ein Kind, wenn es sich vorstellt, der Zwillingsbruder seines Vaters, quasi sein Doppelgänger … sei jemand Totes!“

„Natürlich wollten wir später einmal mit ihm darüber sprechen“, ergänzte Romain.

Mit einer Kopfbewegung signalisierte der Arzt sein Einverständnis und sammelte die auf seinem Schreibtisch verstreuten Rezepte ein, um anzudeuten, dass er das Gespräch für beendet erachtete.

ZWEIUNDZWANZIGSTES KAPITEL

AN DER VERKEHRSAMPEL

Hugo verfolgte mit seinem Blick die Zickzacklinien, die die Regentropfen auf dem Seitenfenster des Autos beschrieben, das ihn nach Monliard zurückbrachte. Das heftige Gewitter war das Zeichen dafür, dass der Sommer vorüber war. An der Kreuzung in der Ortsmitte von Sainte-Rigouste bremste der Wagen vor der roten Ampel. Eine Hand klopfte ans Fenster.

„Guten Tag zusammen!"

Das warmherzige Lächeln von Émile Bouffarel erschien am Seitenfenster. Neben ihm stand der Marquis von Balibari, das Gesicht teilweise von einem blauen Regenschirm verdeckt. Er begrüßte das Paar mit einem höflichen Kopfnicken.

„Ich wollte Sie gerade anrufen", sagte der Bürgermeister. „Heute Morgen hatte ich Präfekt Joffroi am Telefon."

„Tatsächlich?", fragte Hélène, die keine Lust hatte, über die Angelegenheit zu sprechen.

„Sie müssen sich darauf einstellen, dass die Ausweisung von Monliard als Pflanzenschutzzone sich als etwas komplizierter darstellen wird, als wir es uns gedacht haben. Zuerst muss ein Dutzend Kommissionen unsere *Sipo*

Matador authentifizieren. Dann muss das Umweltministerium eine Validation des Projekts durchführen, und schließlich brauchen wir noch die Zustimmung des europäischen Parlaments. Kurz, alles sieht gut aus, aber es wird etwas Zeit brauchen …"

„Geben Sie es auf, Émile … es ist zu spät!"

„Aber wieso denn?"

„Wir haben Sie belogen. Alle Exemplare von *Sipo Matador* sind vernichtet worden."

„Was? Aber ohne die Pflanze wird Monliard nie zum Pflanzenschutzgebiet erklärt werden können!", rief Bouffarel verblüfft.

„Und der Ärger wird kein Ende finden, so ist es. Deshalb haben wir uns entschlossen, Monliard zu verkaufen und aus der Gegend fortzuziehen."

„Machen Sie keine Witze! Sie können doch nicht einfach so fortgehen!"

Romain verbarg seine Überraschung hinter einem gleichgültigen Lächeln, um den Eindruck zu erwecken, dass Hélène und er den Entschluss gemeinsam gefällt hätten.

Neugierig geworden, trat der Marquis einen Schritt näher. Hugo beugte sich vor, um sein Gesicht zu betrachten. Es war das erste Mal, dass er ihn sah, und doch erkannte er seine tiefen Wangenfalten, seine Raubvogelnase und seine nach hinten gekämmten weißen Haare wieder.

Der Marquis sah dem Jungen in die Augen, mit einem strengen Blick, begleitet von einem ironischen, aber auch zärtlichen Lächeln. Hugo glaubte durch das verschmutzte Fenster erkennen zu können, dass sich seine Lippen bewegten, ohne dass er jedoch die Worte verstehen konnte, die ihm galten.

„Nehmen Sie sich wenigstens die Zeit, alles noch einmal zu überdenken", bat Bouffarel, der sich am Auto festhielt. „Ich weiß, dass Sie erschöpft sind, aber …"

Die Ampel sprang auf grün, und Hélène beendete die Diskussion durch einen Blitzstart.

DREIUNDZWANZIGSTES KAPITEL

HINTER MEINER STIRN

Aza und Fanette warteten vor der Haustür auf Hugo. Der Junge schlang seine Arme um seine alte Kinderfrau, und der Hund legte sein Plastikschwein zu seinen Füßen nieder. Die Luft war erfüllt von dem Duft einer Erdbeertorte, der aus der Küche kam.

***

Hugo und seine Eltern verbrachten den Nachmittag aneinander gekuschelt auf dem Sofa im Wohnzimmer. Der Junge starrte auf den Fernseher, so wie jemand den Regen durchs Fenster betrachtet.

„Wie geht es dir?“, fragte Hélène ihn zum hundertsten Mal.

„Ganz gut“, murmelte Hugo zum hundertsten Mal.

Romain ließ ein paar Augenblicke verstreichen, dann versuchte er etwas anderes.

„Willst du uns nicht deinen Traum erzählen?“

Hugo schwieg.

„Es war bloß ein Traum!“, meinte Romain betonen zu müssen.

„Ein Traum ist aber nicht nichts!“, gab Hugo zurück.

Er blieb in seinen Gedanken verloren, doch plötzlich murmelte er: „Wir brauchen nicht aus Monliard fortzuziehen!“

Seine Eltern tauschten unsichere Blicke.

„Wir können ganz in Ruhe darüber reden … noch ist kein Entschluss gefallen“, sagte Hélène in einem Ton, der das Gegenteil aussagte.

Sie stand auf, um vom Kaminsims eine Zigarettenschachtel zu holen.

„Es gibt da eine Sache, von der ich in meinen Büchern nicht schreibe, musst du wissen. Eine Sache, die man Kindern nicht erzählen muss. Die Welt ist ein grausamer Ort, ungerecht und sinnlos. Wenn ich nicht darüber schreibe, dann nicht, weil ich lügen oder tricksen will, sondern weil ich glaube, dass Geschichten dafür da sind zu trösten und zu ermutigen. Doch was jemand auch schreibt und Tolles erfindet – die Welt bleibt grausam, ungerecht und sinnlos. Wir haben lange Zeit die Chance gehabt, die Welt auf Abstand halten zu können. Aber sie haben uns aufgespürt. Jetzt klopfen sie an unsere Tür, und ich habe keine Lust, sie hereinzulassen.“

Romain schlug wieder den Ton ernster Tage und wichtiger Angelegenheiten an. „Du erinnerst dich an diese Blume auf dem Friedhof? Die *Sipo Matador* … Weil sie verschwunden ist, werden wir hier nie mehr unsere Ruhe haben. Sie war unsere einzige Chance. Sie wäre die Lösung gewesen!"

„Die Lösung?", stammelte Hugo, als erwachte er gerade aus einer Hypnose.

Er sprang auf und verließ eilig das Haus. Durch das Fenster beobachteten seine Eltern perplex, wie er aus dem Gartenschuppen eine Hacke holte und sich dann so schnell er konnte auf den Weg zum Hügel machte.

Außer Atem blieb Hugo vor dem Eingangsportal stehen, um den Friedhof zu betrachten. Ein Duft von Thymian und Rosmarin stieg aus den von der Sonne erhitzten Ruinen. Der eintönige Gesang der Grillen durchschwirrte die Luft.

Noch nie war ihm dieser Ort so vertraut vorgekommen. Nur von seiner Intuition geführt, wandte er sich zu einem unter Pflanzenwuchs verborgenen Grab. Er riss eine Efeuranke ab, und eingraviert in den Stein wurde der Vorname Gertrude sichtbar. Hugo betrachtete das Grabmal mit einer Mischung aus Scheu und Hingabe.

Mitten in einem fröhlichen Frühjahrsausflug
vom Tod ereilt

Hugo unterdrückte die Tränen, die ihm kamen, und zog Brombeerranken und andere Dornenzweige von den Nachbargräbern ab, und die Namen von Adélaïde und Achille kamen ans Licht der Sonne. Nicht weit von ihnen ruhten Madame Betti und Bruder Lustick. Kurz vor der Klippe schmiegten sich die Gräber von Violette und Cornelius aneinander. Alle waren da … Obwohl sie im Schatten dahindämmerten, spürte der Junge allenthalben ihren geheimnisvollen Odem. Erfüllt von Dankbarkeit gegenüber denen, die ihm vorausgegangen waren, kniete Hugo sich nieder und begann zu weinen. Eine Träne nach der anderen glitt die Wangen hinab und fiel auf die Erde, die sie schweigend aufnahm.

Als Aza, Fanette und seine Eltern das Gittertor zum Friedhof öffneten, war Hugo bereits dabei, das Grab von Cornelius mit der Spitzhacke zu bearbeiten.

„Was machst du denn da?“, schrie Romain. „Bist du verrückt?“

„Komm, hilf mir!“, rief Hugo.

Mit einem Blick forderte Hélène ihren Mann auf, dem Jungen zur Seite zu springen.

Romain nahm das Werkzeug, das sein Sohn ihm überließ, und führte damit einen heftigen Schlag auf das Grabmal aus. Der Kalksteinblock brach in mehrere Stücke, wodurch sich eine feuchte Höhle öffnete, auf deren Grund sich der Sarg befand. Hugo zwängte sich in den Hohlraum und hob ohne Schwierigkeiten den Sargdeckel aus wurmstichigem Holz. Die Samen, die Violette dort ausgestreut hatte, bedeckten die in ihren Sonntagsstaat gehüllten Überreste des Toten. Die Gebeine des Botanikers waren kaum noch von dem Wurzeldickicht zu unterscheiden, das die Wände der Gruft entlangrankte. Hugo schämte sich ein wenig, diese friedliche Welt durcheinanderzubringen. Er nahm das Skelett in die Arme und drückte es fest an sich, wie etwas ganz Wertvolles.

Cornelius' Stimme hallte in seinem Kopf wieder:

„Die Lösung verbirgt sich hinter meiner Stirn …"

Hugo nahm das samtene Kopfkissen, auf dem der Kopf des Verstorbenen seinen Abdruck hinterlassen hatte, an sich und legte dann die Reste des Leichnams mit der größten Achtsamkeit wieder auf den gepolsterten Sargboden. Dabei spürte er, wie das Skelett sich gleichsam aus seinen Kleidern herauszog. Die Kleider gaben unmerklich nach, als habe der Tote sich mit einem letzten Seufzer von ihnen befreit. Mit tränenüberströmtem Gesicht betrachtete Hugo noch einen Augenblick seinen Freund, dann verschloss er wieder den Sarg, nicht ohne Cornelius einen letzten Gedanken zu widmen.

***

Hugo ergriff die Hand seines Vaters, die ihn aus der Gruft zog.

Von Aza, Fanette und seinen Eltern begleitet, ging er bis zur Kante der Klippe; das Samtkissen hielt er vor seiner Brust.

Hugo drehte dem Abgrund, der unter ihm klaffte, den Rücken zu und blickte über den Friedhof. Er schwenkte das Kissen. Dann riss er den brüchigen Stoff auf, und heraus flogen die Samen von *Sipo Matador*. Die weiße Wolke wirbelte für einen Moment über den Friedhof, bevor sie sich über den einzelnen Gräbern, über den Menschen und der Außenwelt in leuchtenden Flocken niederließ.

ENDE

DANKSAGUNG

Ich danke Sophie Meyer, die die erste Version des Textes mit ihrem sensiblen und präzisen Blick beurteilt hat.
Mein Dank gilt auch Céline Berni, Agnès Michaux, Delphine Nogatchewsky, Marina de Van und Nathalie de Vals für viele Stunden kritischer Lektüre, für ihre Ermunterung und ihre Ratschläge.
Ich danke auch Franck Chorot, der dieser Geschichte eine Chance gegeben hat, und Jean-Philippe Blime, meinem treuen Reisebegleiter.
Dank an Julie Rouvière und Barbara Canepa.
Dank auch an Agnès Niv und Marie Tillol mit ihren Luchsaugen und an die mit Samtpfoten daherkommende Anne-Cécile Herry.
Nicht zuletzt gilt mein Dank dem Centre National du Livre, dessen Unterstützung von entscheidender Bedeutung war.

Ich möchte auch Valéria Vanguelov für ihre Sorgfalt, ihren scharfen Blick und ihre Klarheit ebenso danken wie Alice Nussbaum, der Hüterin dieser Seiten.
Und ich danke auch meinen Freunden Gertrude und François, Pascale und Jean-Pierre, Maryse, Georges, Christophe, Stéphane & Madeleine.
Ein großes Dankeschön gilt schließlich auch Edmund Jacoby, der als Verleger und Übersetzer meine Bücher dem deutschen Publikum nähergebracht hat sowie Dirk Kauffels, der ihre Deutschlandreise mit seinen herrlichen Hörbüchern verlängert.

Ein verlagsneues Buch kostet in ganz Deutschland und Österreich jeweils dasselbe. Das liegt an der gesetzlichen Buchpreisbindung, die dafür sorgt, dass die kulturelle Vielfalt erhalten und für die Leser bezahlbar bleibt. Also: Egal ob im Internet, in der Großbuchhandlung, beim lokalen Buchhändler, im Dorf oder in der Stadt – überall bekommen Sie Ihre verlagsneuen Bücher zum selben Preis.

Dieses Buch ist zuerst unter dem Titel *Hugo de la nuit*
bei Grasset-jeunesse, Paris erschienen.

Coverillustration: Julie Rouvière & Bertrand Santini

Für die deutschsprachige Ausgabe:

Aus dem Französischen von Edmund Jacoby
Printed in Latvia
ISBN 978-3-946593-24-9
www.jacobystuart.de